暂时无法结婚的我们

林夏萨摩 著

山东文艺出版社

在上海， 看风景和爱一个人都是奢侈的，可细细想来，
真正奢侈的不是港汇与恒隆的琼楼玉宇、金碧辉煌，
而是随时可提起抬头看云和勇敢去爱一个人的情致。

她想， 当一条困在鱼缸里的金鱼并不可怕，

可怕的是，你意识到你只是区区一条金鱼而已；

可怕的是，有一天你发现你和别的鱼也没什么不同，难逃宿命……

可与其从别人身上窃取
那一点微薄的陪伴与悸动，

不如把真心留给自己，

不然等到那个真正对的人出现时，

很可能就没有心力去爱了，

毕竟真心是件易燃易耗的稀缺品。

被寂寞 沉湖惩罚的灰暗时间里，她连岸上伸过来的欲望的
尖刀都敢握，一点点温柔和关心就乱了她的心。

在驾驶座上吞云吐雾的时候，

他总觉得抽的不是 烟，是他衰败生活的 灰烬。

她 还是会好奇，爱在他那里的答案是什么，他会怎样爱一个人。
有没有可能，爱不是纵深的占有，而是汹涌不可遏制；
有没有可能，被爱的人都需要一点点肯定、一点点偏心。

他 又知不知道，没有一个人愿意当另一个人表演爱意的傀儡。
她早就不爱他了，她只是还没能彻底忘记。

她不曾得到的，
恰恰是她没那么想要的。　不是那个人不稳定，是她自己的心没定，
　　　　　　　　　　　她还没想好自己想要什么样的婚姻生活。

自 序

青山何处寻

01

此刻，迫不及待想直奔主题阅读小说的朋友们，可以先跳过这一篇碎碎念。

写下这篇文章的前三天，我干了件蠢事，不小心误删了电脑里很多宝贵的资料，弄丢了很多以前写的稿子（有很多从来没有发表过）、工作资料和老照片，向技术人员寻求帮助后依然没能找回来，心痛了几个晚上后，不得已接受了这一残酷现实。

你们现在看到的这本小说集里的几个故事，是我好不容易从跟编辑的聊天对话框里捞回来的，也算幸运了。不然，从头开始写我可能没有这个勇气，写出来的东西也不一定是我原本的表达，春日桃花灼灼、夏日流萤飞舞、秋日丹桂飘香、冬日白雪皑皑，十三岁的怦然心动和二十五岁的一夜成长，人生太多时刻都只是"一期一会"，灵光一闪出现的俏皮句子和绮丽画面，如果没能在它们慈悲闪现的那个当下立即抓住，擦肩而过坠入时间沙海以后，便再也找不回来了。

多像我们的人生啊，一切过时不候。

一草一木一花一露，皆为风景，每一片叫作日常的花瓣当中都蕴藏着难言的奥妙。那既然一切稍纵即逝，最终都要走向消亡，无论如何也要在消亡之前,光芒万丈地绽放几次。今朝有酒今朝醉,明日愁来明日愁。一路只管且行且喜,且歌且舞。

　　我今年在国内的旅行轨迹大多与现场演唱会有关,杭州、南京、合肥、苏州、南昌,等等。每路过一座城,听一场正在喜欢的歌手的演唱会,吃几个网友推荐的网红餐厅,逛几个具有代表性的人文景点,再跟当地健谈的出租车司机聊聊天,宛如碎屑般飘浮在城市空气里的气味与声音,便在头脑里悠闲地勾勒着风景线条,仿佛这样就能把城市里五彩斑斓的人间烟火,藏进衣袖里偷偷带走,不枉来了一趟。

　　这个过程本应是喜悦的,可每当我新路过一座城,喜悦背后总裹藏着哀伤,起初我不明白为什么,直到某个假期我去苏州游玩,在出地铁站步行去拙政园的路上,迎面而来的又是一排排熟悉结实的黄色建筑围栏和远处硕大建筑机械发出的刺耳隆隆声。这时,我脑海里散落的信息点才猛然连接——从读大学到现在,从西向东,从南到北,好像我路过的每个城市都在搞基建,要么修路,要么修地铁,要么盖新房子,要么翻新老城区。时间变成轻巧的滑板被贪玩的我们狠狠踩在脚下,我们轮流在繁华和破败之间穿梭,总遇高楼大厦,偶遇狭窄小巷与青山绿水,自行车和汽车,载着不同的人生和不同沸点的意图,在各自被限定好的轨道里穿行,一切都井然有序。

　　随意走进一个商场,你迎面撞上的必然是装点类似的繁华,大同小异的品牌连锁店,价格也都大差不离,大部分旅游景点售卖的纪念品也都差不多,到处都有的折扇、徽章、冰箱贴、怀旧风搪瓷杯、真假难分的翡翠玉石……你几乎感受不到时间的流逝和文化的差异,如果你要想一睹一座城真正的风貌,就必须到那小街小巷犄角旮旯去,必须逛逛那些还不能被称为景点的角落,尚未被改造的老旧街区,留心路边的景观

树分别是什么品种，尝尝步行街上只能在当地排队才能喝到的特色茶饮，吃一吃本地人才知道的苍蝇馆子，围观一下公园里颐养天年的老人们在搞些什么文娱活动。

过去这些年，我们国家在城市化上的成就有目共睹，只是我们在享受这些效率和便利的同时，也在被日益趋同的城市文化反向塑造着，物质文明的搭建大抵完成，精神世界却出现了某种微妙的坍塌，潜意识下面空空如也，无物托举，我们好像忽然不知道怎样去爱、去存在了。

集体的故事已经讲得差不多了，接下来，个体的故事、情绪、选择与生活方式，是否能被更宽容地接纳？我不知道，我没有确切的答案，但我正期待着。

02

恋爱与结婚，为什么忽然变得这么难呢？

复旦大学中文系教授梁永安在谈到这个问题的时候有个论断——"90后"和"00后"是中国历史上最不适合结婚的一代。为什么这么说呢？过去是农业社会，人被牢牢地捆绑在土地上，流动性很差，大部分人出生在哪里到最后也就埋在了哪里，生命的路径一眼到头，很清晰。但今天不同，经历了工业文明的洗礼，今天的人流动性加快，生命里有很强的不确定性，从前的人关注"集体"，而现在的人更关注"个体的幸福与自我的完善"，这样的价值体系必然会影响大家对婚恋的态度与选择。

如今，谈恋爱难、结婚难，不是哪一个人的难，而是普遍性的难、社会性的难。

复旦大学社会学博士沈亦斐老师认为，我们今天的现代化可以称之为"压缩的现代化"，西方强国几百年完成的发展进程，我们只用了几十年的时间。在快速发展的进程中，手里拿着不同爱情脚本的人，被历史混到了同一片文化环境里。于是乎，现在的人，既想要传统婚恋脚本里强调的稳定心安，又想要新的婚恋脚本里所拥有的激情浪漫，这种听起来就互相矛盾的选择逻辑，让爱情的具体实践困难重重。

　　再说得直白一点，现在的我们，既要又要，所以很难做个决断。

　　很多时刻，我们都以为是自己在做决定，但其实我们的每一个选择都受到了文化体系的影响，我们的心绪起伏、情感脚本也每时每刻都被社会文化形塑着。

　　打个比方，下午三点一刻，你原本坐在宽敞的办公室里兢兢业业地写着明天开会急用的飞书文档，突然脑海中冒出来一个念头，要不我也点一杯酱香拿铁吧？当你以为这是你完全自主的决定时，你忽略掉了前几天刷到的微博热搜、收到的新闻推送、点赞过的朋友圈和午间吃饭时不经意瞥见的平面广告，你根本不是意识完全自由的人，无孔不入的信息流和社会浪潮，时刻左右着你的选择与决定。它们在全世界范围里横行霸道，大兴土木，造了一个又一个大鱼缸，把你我变成一条条困在鱼缸里的鱼。

　　于是乎，看到浪漫唯美的偶像剧里喜欢的男女主又"发糖"了，我们便对着屏幕傻笑，心里感叹爱情真美好呀，这辈子一定得轰轰烈烈地爱一场，以后一定要跟真心喜欢的人结婚；一转头，看见曾热烈追捧的明星夫妻因为种种纠葛分道扬镳，又在短视频平台刷到令人压抑的家庭琐事时，便愤慨地想，这婚还是别结了吧，好麻烦啊，一个人多逍遥自在呀！

　　新媒体带来的信息爆炸让我们失去了独立的判断力，我们每天被外

在的信息牵着鼻子走。

明明跳出眼前的这一小段生命桎梏，跳出人生短短几十载，站在一个更高的视角，被一种更宏大的历史观和宇宙观托举时，一切皆有可能，怎样也都可以，单身有单身的妙，结婚有结婚的好，本来就没有完美无瑕的人生剧本，又何必浪费不必要的精力在日夜不间断的情绪内耗上呢？

明明可以只管往前走，借着身体这个体察世界最好的容器，勇敢地去探索、去体验。

每个人的人生地图注定不同，路是每一个人走出来的。重要的不是外在的模板，而是内在的诉求。当信息洪流退潮，夜深人静之时，你真正在意的是什么？真正渴求的是什么？真正能带给你灵魂宁静或满足的又是什么？此生所盼、日夜耕耘以便早日抵达的远方又是什么？

是物质殷实，还是精神富饶，抑或是早已明确了心之所往必须两者兼而有之？

是新鲜刺激打底，还是安稳与心定当作幕布？是勇敢地接受任何一种选择所必然伴随的不确定性，还是继续踩在不确定性的水泥地上，寻求某种相对确定的乌托邦？是想在"社会时钟"规定的三十岁前安定下来，还是灵魂不愿停歇，继续前行，探索人生的无限可能？

答案要你自己给出，如此，你才会在得意时放肆喜悦，在失意时愿赌服输，怎样都坦荡。

03

再说说我自己的体察吧，关于爱情，我今年又有了新的领悟。

触发点是，有个追我的男生半开玩笑半吃醋地说了句，你把家里那些都扔了，我再送你一批新的。他翻到了我很久以前的朋友圈，知道前任曾经给我抓过很多娃娃，他在心里一直记着，憋了很久才跟我提。但他不知道，那些娃娃我大部分都送人了，最后只留下了几个很可爱的放在家里当摆件。他不明白，一个人对生活的终极清理，不在物品上，而在精神深处。物品固然能附着感情，但过时不候，同一个物件，开始和现在，承载的是完全不同的意义。我留着它们，不是因为它们的由来，而是因为它们曾给予我的陪伴。

但他的话也让我开始反省，我是不是真的在重复自己喜欢的爱情剧本？

好像我真的会重复地喜欢上对世界保持好奇、保持善良与少年感的男生，重复地喜欢上脸部线条硬朗、英气逼人的男孩子，也总会在沉溺到一段感情中后，不自觉地计划未来，只不过被我列入计划的并非结婚和生孩子这些总与责任感挂钩、听上去就很厚重的未来，而是即将一起度过的无数个美好瞬间。譬如，聊喜欢的文学作品，看电影，逛展览，放烟花，去海边度假，看日出日落……

我无法掩饰真实的自我，不接受蜻蜓点水的试探，很难被暧昧拉扯的感情游戏打动，更接受不了过度盘算的权衡利弊，无法不去期待浪漫与热烈，无法抵抗在爱情里燃烧。

对于自己是否在重复自己设定好的爱情剧本这个问题上，我认真地思索了很久，答案是——不，不是这样的。尽管我曾经在这样的迷雾里行走，但我期待得更多更满，我期待的不是完满的爱情，也不是确定的结局，而是一个更完满的自己。

很多东西当你不用的时候，它就会出现，爱情也一样。

因为世界是动荡的，疯狂想逃避外来不确定性的我们，变得习惯在

爱情里找"成全"，喜欢在爱情里沉溺于自我幻想造就的一个又一个浪漫情境，坐等所有的戏剧情节都按照预设的脚本走。但爱不是一个"求成全"的过程，爱是一个"自我发现"的过程，自我不是一天形成的，它只有在关系的探索与碰撞中，才能变得清晰可见。

学会如何真正去爱一个人的过程，让我们完整，一个不断自我完善的我们才更有可能得到我们预期中的爱与尊重。

在处理自己与对方的关系时，我们看见的所有残影都只是自己的心湖微澜。

当一个人在关系里照见自我的同时，亦能照见他人，他才真的成长了，也真的懂得如何去爱一个人了。现如今，我们很多人是不会爱，以为爱是索取，是占有，是利益绑定，是皮囊吸引，但那些都只是爱的星河璀璨里，无数种起心动念时的一瞬一息，转念即逝，不足挂齿，不成气候。

如果爱情也有阶级，我想伟大的爱大抵是触及灵魂深处的战栗与共振吧。

真爱是，你现在感到很安全，平静而喜悦。真爱是，剥开外面的糖衣，里面哪怕有怨亦无憎。真爱是，无论拥有或失去，我们都不用太用力，如生命初降便懂得呼吸那般自然。真爱是，如果你一天想起他超过三次，不用想了，去告白吧，接受了就自然而然地在一起，被拒绝了也没关系，好歹你也为自己勇敢过了，不亏。

04

每次出席一些社交场合，当别人得知我是一名作家并追问我在写什么题材时，我都会开玩笑地说，我还是个作家里的小学生，所以我还在写一些"小情小爱"。但了解的人都知道，我看似不经意的玩笑话明明就是滚烫的真心话。

我的确还在写一些小情小爱，人生这一站尚未完成的课题，我不想带到下一站去，所以我还停留在这里，陪伴跟我有相似心情的读者和粉丝一起成长。

爱情固然不是生命的全部，但在爱里练就的勇气和觉察够陪我们走很远的路。

如开头所言，当代女性生活和情感的普遍困境，源于旧的情感和婚姻脚本的不合时宜，新的叙事脚本又尚未形成，于是，她们被夹在旧式和新式中间，在寻觅爱的世界里拔剑四顾心茫然，进退两难。

这本书最初定的名字叫《飞鸟和他的拼单情人》，因为它是这本书的缘起，是让我和编辑相遇的一个故事，是我们都喜欢的故事，是如今爱情变得轻飘飘的一个切面。如今，社交 App 很发达，认识一个人很容易，成本也很低，但相爱很难。等写完了整本书再回头看，我决定把这本书的名字改成《暂时无法结婚的我们》。

表面看我在写爱情，但实际上我更想表达的是情绪。每个故事背后都藏着隐秘的情绪，那些情绪堆积起来是无数女孩在追逐自我的道路上尚未被看见、觉察和温柔以待的情感缺失。我知道最好的故事应当比现实高一寸，可我抱着私心让这本书里的故事只比生活高了半寸，刻意让它们低空飞行，只因我想让那些情绪被看见，只因我想让所有还在路上的女孩子们知道，你不是一个人在经历这些，我们一直隔空在一起。

有趣的是，当我写完回过头来重读稿件时发现，故事里的女孩遇到的男孩名字里大都有一个"城"字，即便不是"城"字，也是类似的发音，

这不是刻意为之，而是我写完才发现的。或许，写下这些文字背后的那个我比我自己更清楚，男孩是一种隐喻，爱情是一种象征，男孩和爱情都只是女孩成长的途径，找到自我才是最终要抵达的远方。

林小白、十七、沈翊、李安可等，她们每个人都是上海这座繁荣大都市的"文化移民""城市牧民"，她们都处在一种情感漂泊和自我探索的波动状态里。从前，她们在不同的原生文化土壤里发芽，有人来自乡村，有人来自城镇，有人来自三四线城市，后来，她们又都机缘巧合地来到上海，在这座"围城"里完成她们人生的第二次发芽。她们都不完美，都有缺点，都吃过爱情里的糖，又都受过伤，都被过去的叙事脚本纠缠着，在以爱为名的世界里演绎着一场又一场"开端"①。她们独自探索，寂静生长，有各自的欢欣和喜悦，以及难以与人言说的挣扎与疼痛。对于她们和她们的困惑，我没办法给出所谓的标准答案，连我自己都还在局中，但我希望借着笔下的故事，让读者看见这种多元性，看见女孩子的野心、欲望和张扬的生命力，允许她们有犯错和探索的空间，允许她们走出一种新的叙事脚本，活出自我和自在。

我们从小到大学过的规矩有很多，谁都可以随时跳出来教别人怎么做事、怎么成人。但也许在从心所欲不逾矩之外，还有新的答案生长出来，而我，愿陪你们一起岁月绵长。

我诚挚地希望，不管时间怎么轮转，她们都拥有无垠的可能性，或逃出与他人攀比的毫无意义的人生漩涡，或克服畏畏缩缩的毛病敢于踮起脚尖够她们一直想要的东西，或不再被完美主义的内耗困住余生，或

---

① 开端，引申自电视剧《开端》，剧情不断地循环，又每次都不一样，触发新的枝节。

站在更有影响力的舞台上与真正爱惜自己的人惺惺相惜、守望相助。她们的允许做自己和未来可期，四舍五入便是我们的。

偷梦者造梦，只有能被描绘出来的画面才有机会变成现实。

05

青山何处寻？待君心定时，何处不青山，何日不能策马奔腾驰骋至长安？

在这个万物互联又万事不确定的时代里，女孩子们想要的青山绿水、竹林松涛、清茶一盏与美酒千杯，不锁韶华，不困人心，最终还得靠自己。

沈从文说："我行过很多地方的桥，看过许多次数的云，喝过许多种类的酒，却只爱过一个正当最好年龄的人。"可能没人能不被这几句话所描绘的爱情打动，我也一样，以为爱情就是一生一世一双人，以为爱上一个人，一定会走到最后，一定要走到最后。可每个时代都有每个时代的叙事，到最后重要的不是爱过几个人，而是在爱上那个人的当下里，我们是否够投入、够纯粹、够遵从本心。

在上海，看风景和爱一个人都是奢侈的，可细细想来，真正奢侈的不是港汇与恒隆的琼楼玉宇、金碧辉煌，不是浦东美术馆二楼半层才能看到的云霞漫天、橘落滨江，不是外白渡桥游人如织时你与谁并肩，而是随时可提起抬头看云和勇敢去爱一个人的情致。好在，你我还拥有这种奢侈，尚有真心可挥霍。

亲爱的，别害怕，在这里没人在意你是国王还是乞丐，你只管大胆做自己。

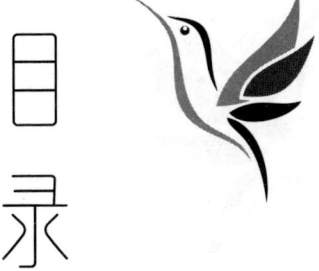

目录

1

飞鸟和

他的

拼单情人

01

她说她不疯，偶尔人来疯，没来由地演没有观众又不高级的戏，可惜上一个愿意陪她疯的人已经离开了，自此情无地自容，爱青黄不接。

去浙江玩了一趟回到家，洗完澡，涂完柠檬味身体乳，她点燃了一款木芯香氛蜡烛，清冽、湿漉漉的竹叶野花香气很快萦绕鼻尖，铺满整个房间。她打开一本精致的绿色布面压纹日记本，在上面落下潦草的开场字迹："我们终于分道扬镳，可你该知道我曾为你动情。"

她的字很小，但一字一泣，力透纸背。

十七是天生就容易在爱里疯狂付出的类型，爱上一个人像玩命一样，猛踩油门刹不住车地对对方好，那样的大方奢侈用"恋爱脑"和"讨好型人格"这样的流行词去形容，又太武断、太局限了。她或许只是个浸泡在茫茫爱欲海洋里的生涩水手，没办法站在甲板上威风凛凛地指挥心之巨轮的前行轨迹，船长的位置早就被直觉巧取豪夺了。她只有一颗心，掏出去就掏出去了，没办法像贪婪又训练有素的海盗一样，做出引诱的姿势，又装出一副虔诚的模样好达成某种私欲。她知道自己总是这副样子，有太多前车之鉴后便害怕了。总想着，收敛一点是不是就不会受伤？吝啬一点是不是就更容易被人珍惜？

可她真的是个很糟糕的水手，一不小心又重新掉回海里，几近溺亡。

记忆总惩罚不肯往前走的人，所以她一直在被惩罚，承受爱付出的惯性和记忆太好的双重责罚。又打死不肯长记性，还妄想再爱上一个人，还做梦被他同样爱着，奈何天不遂人愿，情人眉浓情却浅。

02

　　自驾去莫干山过完一个欢愉的周末后，十七意犹未尽，不想这么快就回写字楼受罪。她从同事那里得知永康附近有段只有少数驴友知道的小长城，她很心动，便撺掇着离落多请两天假陪她。

　　全程一千多米，小长城全部由石块砌成，山下杂草丛生，两边却种满了雪松、红枫、红叶石楠等十几种观赏性树木。秋日里远远望去，红绿相间，褐色穿行其间，纵然无法与北京长城相比，但也是巍峨雄伟的。

　　她们在村口附近停下车。爬完小长城，暮色已浓，天空像被灰黑色的四角天幕罩住了一样，视线被垂直压住，站在烽火台往下看，几米之外的路就看不太清楚了。在车上改完提案的离落此刻头昏沉沉的，她一路虚浮地拖拽着十七往前走，想赶紧下去，回民宿好好睡一觉。

　　十七却挣脱了她的手，慢吞吞地挪动着，后面索性爬到了垛口墙上，伸开了双臂，闭着眼感受秋风从耳边掠过。她半悬在空中，绷着身体，仅凭脚底的凹凸和坚硬，闭着眼从一块石头跨到另一块石头上，她在用一种非常危险的方式下山。

　　离落赶紧去拉她："你疯了，摔下去你就没命了。"

　　"我想数一下这里有多少个垛口。"十七平淡地说。她试图松开离落的手，依然站在上面，没睁开眼。

　　拉到她的手后，离落神色稍微松弛了一点："你这一头栽下去不死也残废，这里可没救护车。"

　　"你让我玩会儿嘛。"十七对离落撒娇的时候可比对着男人自然多了。

　　"不放！"离落并不松口。

"离落，你还记得《武状元苏乞儿》里面的台词吗？"十七突然发颠。

"什么台词？"离落摇了摇头，故意装不记得。

"如霜遇见苏灿的时候说，我丈夫要武功盖世，状元之才，一人之下，万人之上。"十七闭着眼又跳到新的石头上，继续玩危险游戏。

"那你完蛋了，按这个标准你只能去当尼姑。"离落心里一沉。

"其实不是的，如霜想要的不是一个权势滔天的人，她只想要一个与众不同的男人，即便懦弱也会为了她勇敢的人。"十七转过身，神情落寞，语气认真。

"那你遇到的可都相反啊。"离落不留情面，那睥睨所有男人的模样很像《新龙门客栈》里的金镶玉。

十七闭着眼，睫毛振翅，没再说话，她在离落这里没有任何秘密，但此刻她有点后悔了，后悔任何感情上的蛛丝马迹都跟她一一汇报了，万一将来她们两个不好了怎么办？离落一定是那个知道她为爱卑微、发疯黑历史最多的人。

离落强行把十七拽了下来。她的眼皮实在太沉了，看不住戏瘾蹿上来的小疯子。

03

夜色深沉，白天摩肩接踵的网红街现下没几个人影。看起来不陌生又谈不上多熟稔的俊秀男女手牵着手在路上闲逛，很难不引人遐想。粉红色的暧昧泡泡在空气里乱窜，连带呼吸都变得炙热了。

女人穿着藕荷色吊带连衣裙和粉色缀珠细高跟鞋，走路多有不便，西装革履的男人便伸出一只手牵着她，贴心地放慢脚步，距离和呼吸都不远不近，打扰得刚刚好。下天桥，进入平坦的马路后，男人轻快地抽回了手，似乎还没表演够绅士风度。两人一前一后站在马路边等车，像暧昧期的情感拉锯，刻意保持某种看似清白的社交距离。

阿城突然从后面搂住了十七的盈盈细腰，用下巴轻轻地摩挲她的后颈，用他鲜有的温柔语气说了句："要不今晚你别回去了。"

一字一顿，撩拨着十七的心弦。很显然，他是故意的。

他呼出的热气像长着毛茸茸的触角，挠得她耳朵后面那几寸皮肤痒痒的。

他身上的男性荷尔蒙气息本就霸道，性格偏偏不讨厌，很知道如何讨女人喜欢，又幸得上天眷顾，生得身材高大挺拔，五官棱角分明。在寂寥的夜色里，当他浑身散发着雄性魅力，紧紧抱着眼前这个心悦于他的女人时，那女人必然有些危险，很容易沦陷在夏夜滚烫的情欲里。

此刻十七的背贴在他胸前，身体被有力的双臂箍紧，脊背上裸露的白玉肌肤不难觉察到白衬衫后面的肌肉轮廓。她绷直的身体、加速的心跳出卖了她，鼻尖被阿城身上雪松和檀香木的味道层层包围着。她看向阿城，说："我想玩不会等到现在……"

如果她只想找个人做爱，发泄欲望，认识的第一晚就顺势跟他回家了。像任何其他玩咖一样，毫无心理负担地走"标准流程"——吃饭，看电影，洗澡，上床，燃烧，事后彼此拉黑，默契地"死"在信息人海里。一切都可以发生得悄无声息，他们甚至不用在情欲高涨时叫得出彼此的名字。每逢遭受夜色惩罚寂寞至极的时候，再如恶狗扑食一般，把对方从黑名单里放出来，试探性地"拍一拍"，若对方有回应，再继续走"标

准流程"，若对方没回应，便假装手抖点错好了，不再纠缠。

这年头，普通人和明星一样容易手抖，成年人在撩骚不用负责任这件事上心照不宣。

如果真的那样倒也潇洒，可那些不是她想要的。

那条路已经有人帮她走过了，走过那条路的人跟她倾诉，一切都很没劲，一切都太轻飘飘了，现在已经对任何男人都提不起兴致了。可她才二十五岁，不应该啊，不过那人嘴上这么说，手机里的交友软件一个没舍得删，还在继续玩扮猪吃老虎的游戏。她说她不会再爱上任何一个男人了，但又觉得他们简单得可爱，只要你懂点赞美的艺术，愿意找角度夸夸他们，再侧耳倾听他们的英勇时刻、此生遗憾与治国之道，跟他们相处会变得非常舒适。再度一起出去玩，他们花钱便大方起来，就连从前只舍得开钟点房快活的人，也知道去挑个能看到黄浦江夜景的酒店约会。

跟她相比，十七显然更贪婪，她渴望那种更多更浓烈的爱意，那是一种轰轰烈烈如蝴蝶渡沧海般壮烈的爱。正是怀揣着对爱的绝对偏执，所以她才那么爱紫霞和至尊宝，那么爱苏灿和如霜。

十七沉溺于那样的心痒难耐，好不容易才被仅剩的理智一把将她从情欲的深渊里拽出来。

他应当是故意的，他怎么会嗅不出她对他早有了朦胧的好感，他们已经不是刚认识时那会儿纯粹的饭搭子和电影搭子了。他可不笨，这样的晚上，这样的拥抱，这样的对白，这是故意犯规。

"你还没说过你的名字？" 她转过身，抱着连自己也无法言明的一种期待，扬起脸审问他。仿佛得到了一个确定的答案后，她便能光明正大地勇敢一点，就能甘愿多相信他一点，尽管那只是个名字而已，根本代表不了什么。就算他胡编乱造一个，她也没地方可查证。

"我们说过，不打听对方真实姓名的，我也没问过你的。"他突然冰冷的语气把她从爱欲的湖水里彻底打捞出来了，不光意识，她整个身体也挣脱出来回到岸上。

是啊，一旦知道了真实的名字、生日、公司、家庭住址，一旦在现实里发生牵扯，游戏结束以后就不能干净利落地脱身了。基本的游戏规则她还是懂的。是她多嘴了，她知道。但理智归理智，情绪归情绪，她还是有种被人扒光了衣服扔在雪地里浇冰桶的感觉，冰冷与残忍，那么猝不及防。

所幸，到这里，十七已经完完全全清醒了。

"好啊，那就不要问，以后谁也不许问，谁问都不许答！"

她一直是这样极端的人。别人丢出三分好，她便急不可耐地还回去七八分，生怕欠着别人的；但别人只要轻微拒绝过她一次，她便把话说死说绝，不留丁点退路。"虚与委蛇"这个词好像被她从人生词典里抠掉了。

打车软件上叫的车终于到了，十七没像往常一样等阿城为她拉车门。她抢先一步，拉开门钻了进去，抛下一句："我回家了，你重新打一辆吧，今天不用你送。"

她赌气逃跑了，像一阵迷乱的紫烟，消失在难掩暧昧的夜色里。

04

夏天是个热烈的季节，困在魔都繁华孤岛里的红男绿女，用裸露的皮

肤、游离的眼神和劣质的酒精当作道具，吸引同类，排遣孤独。可这种热烈与十七无关，十七很久没有认识新朋友了，她压根不想认识新的人。

独自在孤岛漂泊求生的日子里，她修炼出一种超能力：能预先感知到与身边每个人的关系走向。发展成怎样的关系，做多久的朋友，在多远的将来分道扬镳，她像能看见连接人与人之间那根隐形的缘分线，不想那么快分开，就把有点松动的线打个结再系紧一点，想放弃一段关系了，就眼睁睁地看着那根绳子磨损、断掉。

尽管她不能主宰一切，却可以当自己的造物主。一个人处在怎样的关系网中，是可以选择和改变的，而她此刻不想改变些什么。

哪怕意外认识了还算有趣的新朋友，也最好是那种彼此有空就一起吃个饭、看场电影、参观个展览，平常各忙各的，不用在朋友圈里完成点赞、评论的隐形KPI①，不用假装熟稔地给予日常关心，不用费心地为对方挑选生日礼物，不用为了维系关系刻意社交。清清冷冷地打交道，很自私，但很轻松。

"明晚我们公司开庆功宴，在新天地附近聚餐、唱歌，到时会有很多青年才俊，你过来吧，我给你预留几个潜在目标。"

"十七，你都分手八百年了，老这样闷在家里会憋出病来的！瞧你头上都快长绿毛了。"

"给你半小时换衣服、化妆，麻溜地出来。"

离落一边指挥着晚宴现场的布置，一边在手机里咆哮。

十七趴在床上，左手继续翻着波德莱尔的诗集，右手挨个点着离落的语音轰炸。

---

① KPI："关键绩效指标"的英文缩写。

"行啊，你先做个PPT，提个案，要不然个个都是你审核过身家背景的青年才俊，乱花迷人眼，让我怎么挑啊？"

"给你一根杆子你就敢往上爬，真把自个儿当甲方了？让本小姐提案是吧，你有预算吗？付得起吗？不来算了，真是皇帝不急太监急，大帅哥留给自己不好吗？"

十七赶紧放下书，双手捧起手机开始认真打字。任离落怎么损她，她都无所谓，但离落一旦不理她，开始自我挖苦，她就受不了了。她习惯离落噼里啪啦地在她耳边唠叨，像"小妈"一样管着她，没这份管，她可能早就不在上海漂了。每个在外漂泊的人都需要一根拉着他的绳，孤身漂泊的江湖儿女可以没有爱情，但绝不能没有友情，尤其是惺惺相惜的真挚友谊。

她那个倔强的脾气也只有在看重她的离落面前，才有机会恃宠而骄，换作别人，任她流落街头都不会怜惜她半分。

"哎呀，离仙女，你不要生气嘛，我开玩笑的。我今天就是犯懒了，不想出门。你以前又不是没给我介绍过男孩子，也都半路夭折了，我这不也是节约机会成本嘛。我发誓，我绝对不是自视甚高、待价而沽，我真的天然排斥这种刻意把异性绑定在一起的交友场景，所以还不如不去。去了，也是不冷不热的，像个木头似的杵在那里，给你到处添麻烦。"十七一口气输入了满屏字去解释。

"我又不怕你麻烦，怕你麻烦早就不管你了……"十七自暴自弃那阵子，离落找人算过一次塔罗，塔罗师说她可能前世欠了十七一条命，她听后瞬间平衡了。

她习惯了管十七，也习惯了十七一会儿很听话，一会儿又很不听话，作天作地，没完没了。她们之间有种奇怪的羁绊，明里较劲，暗里攀比，又比任何人都渴望见证对方幸福。

离落接着问："那你给自己设定的期限是多久？你打算在乌龟壳里躲多久呢？"

"快了吧……"

"快了，快了是多久？你分手三年多了，那个人立志要留在国外的，不会回来了，你听不懂人话吗？你忘了他走之前是怎么说的了?! "

"我知道啊。我，其实我没事了，我真的已经没事。我只是不甘心自己的爱情是被人编排才得到的。即便重新开始，我也希望它是自然而然发生的。"她执拗地想自己遇见。

"你什么都不做？任由自己在家发霉发酸，期待一场入室抢劫般的爱情，做什么春秋大梦呢？上海生活压力这么大，能有兴致谈情说爱的只是极少数，大部分人都在忙着拼事业。单身的取了号排队的人，比国庆期间挤在外滩上的人还多几百倍。每个人都像缺水的鱼一样饥渴，地铁上嫌弃不分场合秀恩爱的小情侣辣眼睛，夜深人静四下无人时又疯狂地祈祷天降真爱，爱神凭什么就让你走后门呢？你是林青霞还是王祖贤？"

十七不疾不徐地说："落落，我怎么可能发霉呢，你忘了我卧室朝南，还有个大落地窗。"

回了一句中气十足的"白痴"后，离落果断挂了电话。她那么自信地挂电话，是因为她清楚目的已经达到了，十七肯定会乖乖下床换衣服。只是当她看到十七那一身性冷淡风的装扮和干瘪起皮的嘴唇后，她直接让十七滚了出去。那样的十七实在让人提不起任何兴趣，更别提搭讪要微信了。而十七要的就是这个效果。

05

如果离落知道，就在她给十七进行完思想教育的半个月后，十七鬼使神差地和一个男性网友见面看电影去了，她肯定大为震撼，又倍感欣慰。

那日，十七照例宅在家看书、刷手机。豆瓣"精神角落"网站上"我们不看电影就会死"小组里有个人发的帖子引起了她的注意——

"找个人一起看《大话西游》，坐标上海。"

发帖的人称，《大话西游》重映，他买了两张票，本打算和朋友一起看，可临时被放了鸽子，所以想找个人陪他一起看。配图是标记了时间和场次的电影票。

十七点进了那个人的主页，账号名为"阿城"，头像是《银魂》里的主角坂田银时。

长居上海，2006年11月加入"精神角落"网站，看样子是老号。

零状态，零日志，加入的三个小组都跟电影有关，读过的书标记了几十本，不多，电影倒是标记了有一千多部，应当是真的喜欢看电影，但标记的日期过于集中，有凑数凹人设的嫌疑。除此之外，扒拉不出有效的真实信息，很像随时准备跑路的"道具号"。

应该不是钓鱼贴吧？最近新闻里爆出来的"杀猪盘"也不少，前阵子有个名校女硕士被骗了四十多万。杀猪盘最惯常的套路就是搞包装，打造一个现实里深情多金无人问津、网络上寂寞如斯寻觅真爱的人设，广撒网，多捞鱼，步步为营，等用完一系列培训话术从女孩子那里博取信任后，便开始露出血腥獠牙，把她们一步步引诱到资金盘、赌博盘的

深渊里。

十七抱着某种探究的心态，给那个人发了私信。

"男生？"

大约十分钟后，那个人回了一句："嗯。"

"只是看电影，没有别的？"

"嗯。"

"你能保证吗？"

"可以。"

"名字是？"

"阿城。"

"哪里见？"

"兰生开场前 10 分钟见。"

兰生是本地很老牌的电影院，地段极好，位于淮海中路与西藏南路交叉线上，它的前身是 20 世纪闻名遐迩的黄金大戏院。不少如今爱跳广场舞的上海老阿姨，在她们还是小姑娘的时候就穿着旗袍，踩着高跟鞋，拎着缀满珍珠的手包在这里约会了。如今它因年代久远、装修破旧在年轻一代那里失宠，没在上海待过几年的人还真不一定知道这地方。在这里看电影，遇见熟人的概率非常低。

相约一起看电影本是件开心的事情，但两人搞得像在街头进行违法交易一样，都惜字如金。没办法，只怪这年头互联网上的诈骗套路太多，你很难隔着屏幕放下戒备去信任一个陌生人。

06

六岁那年，十七窝在自家沙发上拿着遥控器换台时，眼睛瞬间被《大话西游》吸引住了，她第一次见到这样的孙悟空——头戴金箍，身穿铠甲战衣，脖系红领巾，疯疯狂妄，把牛魔王打得无力反击。

"哇，红猴子好帅啊。"那是十七对《大话西游》系列最原始的印象。

真的在电影里找到男女情爱和人生寓言的共鸣，并奉为心中经典，是很久以后的事情了。她真心喜欢这个系列，哪怕在电脑上看过四五遍，依然想体验一把电影院版的《大话西游》。

那个男生倒是干脆，话不多，也没问十七性别、长相这类试探性很强的奇怪问题。十七本来就想去电影院看重映版《大话西游》的，可买晚了，没抢到票。天降电影票的事情，正合她意，况且还是在第五排中央，她最喜爱的观影位置。

看电影那天十七穿得很中性，白T恤配黑色小西服，顶着张素面朝天的脸，刻意挑了双板鞋，想着如果情况不妙，跑起来也方便。胳膊上还贴了一个大花臂文身贴，尽量让自己看起来不那么好惹。很久没跟外人打交道了，又是第一次和异性网友一起看电影，去之前她开了很多脑洞，做了很多设想和预案，再三确保自己在安全范围之内，才匆匆出了门。

没办法，"精神角落"本是个文艺青年的聚集地，她常年在这个网站上写书评和影评，结识了不少性别不明，但能从电影、话剧聊到人生哲

学、现代性困境的远程知己。快餐文化兴起之后，"文青"这个标签所带来的正面评价每况愈下，大家对它避之不及，加上打着"文化交流"旗号干荒唐事的人确实不少，以至于在社交场合说自己不爱刷抖音倒经常刷"精神角落"都成了面带羞耻的事情。如果你跟别人说你约了陌生男网友看电影，得到的回应多半是暧昧的眼神，更有甚者断言："一个女的如果答应跟一个男的单独吃饭、看电影，就是答应跟这个男的上床了。"这又是什么歪理？

淮海中路上堵得要死，十七下车后一路狂奔，还是迟了五分钟。

有个男生站在 6 号检票口，手里拿着两杯可乐，眼睛一直在往电梯口看。短发，高高瘦瘦的，戴黑色边框眼镜，还真有点像坂田银时。很不凑巧地，他上身也穿了白色，纽扣扣得严严实实，倒是衬衫的袖子随意卷到手臂中央的位置，下身配的是一条藏青色的黑色长裤。那样子，像下午刚跟人开完会，神经还没完全放松下来。

应该是他。十七刚准备拿起手机确认，那人见状，挥了挥手机。

就是他了。

十七赶忙小跑过去："不好意思，我迟到了。"

"没事，进去吧。"

"我们是不是错过开头了？"

"我刚查过，重映版加了 11 分钟，还好。"

"嗯。"

错过了紫霞和四大天王、二郎神打斗那段，他们刚坐下来，紫霞就牵着马和至尊宝相遇了。

整场电影，那个男生都很安静，看不出什么情绪起伏。倒是十七，在紫霞死时哭得稀里哗啦。剧情都倒背如流了，居然还会哭，真没出息。

她自己带的纸巾用完后，又很不客气地挥霍男生递过来的纸巾。

　　散场时，他们撞上电视台在做随机采访。拿着话筒的女主持人试图拦下男生，他熟练地闪开，走在他身后的十七便被拦住了，主持人顺势把话筒举到了她嘴边。

　　"同学你好，你第一次看《大话西游》是什么时候？"

　　"很小，那时候其实没看懂，就感觉孙悟空打架挺帅气的……"

　　"那现在呢？"

　　"嗯……挺难过的吧，至尊宝戴上金箍的时候，紫霞死的时候，说他好像一条狗的时候，就感觉人生有很多无奈吧。长大以后的世界，没有那么随心所欲了。"成年人不是喜欢权衡利弊，只是成年人没那么多做选择的余地。

　　"谢谢你，同学你说得特别好。"

　　"喂，你刚才直接躲过去了，把我丢给主持人，很过分啊！"突发状况过后，两人反倒没那么别扭了，十七说话的语气自然了很多。

　　"哦，打球过人习惯了。你刚才不是说得很好吗？"

　　"没看出来，你还挺会转移话题的。哦，对了，我把电影票的钱转给你……"

　　"你饿吗？"

　　"啊？"

　　"要不去吃点东西吧，我饿了。"

　　"那好吧。你有推荐吗？"

　　"你能吃辣吗？"

　　"能。"作为一名四川人，她怎么可能不能吃辣呢。

　　"那走吧。火锅。"

07

云南南路的一家很火的网红店里，火锅里的汤热气腾腾地翻滚着。

被辣椒熏陶过的油烟味把十七和阿城重重包围起来。没什么比炎炎夏日里吹着冷气吃火锅更畅快的了。

"你什么星座？"十七问。

"金牛。"

"哦，金牛啊——"十七欲言又止。

"金牛怎么了？"

"金牛慢热、保守，事业心很强，擅长投资理财。一般是这样，但不完全。"

十七刻意抹去了对金牛座的负面评价：金牛座，尤其金牛座的男生，聪明固执，目标感极强，非常认死理，他们决定了的事情，其他人很难改变。看似老实的外表下，食色要求都极高。对钱很敏感，说白了就是抠，但要遇到真正在乎的人，花起钱来倒也算舍得。

她前任就是个很典型的金牛。过生日，过情人节，从前任为她准备的礼物上看，三年时间里经历了从抠抠搜搜到大手大脚两种截然不同的风格。所以，当前任跟她在钱上开始计较，旅行途中念叨五星级酒店太贵了的时候，她就知道这段感情离散伙不远了。那时他们已经开了个公共账户，每月一起往里面存"甜蜜基金"。

"巴纳姆效应。"他淡淡地回应。

"行家啊，看来我故作聪明了。"她开始不回避他的眼神。

"蒙对了一半，我做金融的。你们女孩子好像都很信星座。"他一边说，一边把倒好的温水递给她。

十七尽量忽略掉话里的偏见："不会啊，我不迷信星座，我只是喜欢用星座去参考一些东西。"更直接点说，星座是她谈恋爱、交朋友时候的参考文献。

"你做什么的？"

"新媒体运营。"

"哦，那我们还沾点边儿……"

"你不是做金融的吗？"

"跟朋友做了个小公司，会帮一些餐厅做本地客源的引流转化。"

"哦，难怪刚才那个引导的服务员好像跟你很熟的样子。"

"我们帮这家店做过本地生活指引 APP 的内容优化。"

"做点评之类的吗？"

"嗯。"

"多少钱一条？"

"二十块。"

"这么少啊？"她露出难以置信的表情。原来码字赚钱这么廉价啊，看来她以后裸辞去巴厘岛做自由职业者的梦要提前破碎了。

说这几句的工夫，阿城的手没闲着，他已经拆好两套餐具，分别用开水烫过，又把其中一套推到十七面前："看账号和内容等级，一般开的是这个价。你有兴趣做吗？"

"不了不了，二十块一条评价，我不得写吐血才够我们今晚这顿饭钱。"

"哈哈哈……不用你买单，没让女孩子买过单。"他笑起来很好看，十七不由得多看了两眼。

"还是我买单吧。要是还有机会一起吃饭再你请也不迟。"

"好。"

与人交往，钱方面算得清楚一点，关系就简单一点。一旦欠别人了就要还，一旦还了就不得不你来我往有所纠缠，谁也不欠谁最好了。十七喜欢这样，分斤掰两，彼此清爽。

08

"电影？"

"几点？"

"哪里？"

"大光明，21:45那场。"他把选座界面的截图发她。

她低头看了眼微信，又抬头看了一下刚写了两行字的文档，回复："看完有点晚了，改天吧。"

回完她才反应过来，他每次都不问她想看哪部电影，可买的电影票又都是她感兴趣的，导致她有火也发不出，好气啊。

"一起吃晚饭？"

"我今天要加班，有个稿子明天要交。"

"没事，我等你。"

"我憋了半天，一个字也没写出来，估计写完要11点多了……"

"那就吃夜宵。"打完这句，他又补充了一句，"多晚都等你。"

"好啊。"

"长乐路开了家新的黑珍珠餐厅，吃吗？"

"那家最近被几个美食博主带火了，要提前预约吗？"

"不用，他们要换新菜单了，让我去帮忙试菜。"

"嗯嗯。"她回了个用自己照片做成的疯狂点头的可爱表情包。

十七开完一个冗长的会议，脑子被信息塞得嗡嗡的。她回到位子上才看到阿城半小时前发过来的几条微信：

"下来。"

"速度。"

"这里不能停车，我只等两分钟啊。"

"在 B 区停车场了，给你买了吃的。"

十七下楼绕了一个大圈，找到阿城的时候，他已经躺在驾驶座上浅浅睡过一觉了。白衬衫的袖子早就卷了起来，肘关节到双肩的位置全是褶皱，发型也没那么神气。没等她敲玻璃，里面的人降下车窗把一个精致的薄荷绿方盒子递了出来，她一眼就认出了那个最近很火的盒子，是黑抹茶瑞士卷。

她故意不接："你记错了，我喜欢原味的。"

他似早有准备，又从车窗里递出来一盒。

"可是我今天既不想吃抹茶味的，也不想吃原味的，你自己留着吃吧。"

她在想还能怎么演下去的时候，他又从副驾驶的座位上拎出来一个大袋子："都拿去。"就知道十七可能会演，他把这家网红店里每个味道的瑞士卷都打包了一份，又叮嘱店员多放了几袋冰。

十七犹豫着要不要接下这么多："你怎么知道我想吃这个？"

"昨晚你不是在小红书上刷这个？"

"可这么多我也吃不完啊？"

"跟你同事一起分掉好了。反正我不吃，太甜了。"

"他们家限购，你买了这么多，排了几个小时的队啊？"

"我像会排队的人吗？找黄牛买的。"

"那就行。"他确实不像，她刚好可以省下这份不必要的涟漪。

"喂，你怎么这么爱吃苦瓜炒蛋？"

"我也不知道为什么……"他不记得是多久前养成的习惯，一坐下来就想点这个。

"可我们现在是在西班牙餐厅，我还以为你刚才去跟服务员说话是让厨师把西班牙海鲜饭做得好吃一点呢。"

"这你不用担心，他们家的招牌不会失手。我让他们去六楼粤菜馆借苦瓜了。"

"又是你客户的餐厅？"他总给她一种普天之下的餐厅皆他客户的错觉。

"差不多吧……"

"你不觉得苦瓜炒蛋真的很苦吗？"十七皱眉夹了一筷子。

"不会啊，一点都不苦，跟咖啡比起来算甜品了吧。"他吃得倒欢喜，又伸手去翻了几下菜单，"要不再给你点两份甜品？"

"不要了。"十七调皮，身体忽然后倾往椅背上靠，左手摩挲着被食物撑起来的腹部，右手托着后腰那里，"你看看我肚子……"

他坏笑了一下："微臣的功劳吗？"

十七狠狠瞪了他一眼："翠果，打烂他的嘴。"

"我是说点多了，你想什么呢。"这一回怼，让十七脸红得像挂了几只小番茄。

十七平常工作很忙，阿城同时做金融和代运营，更是日夜奔忙。两个人日常在微信上说话，不超过三个来回。在上海，大家的时间都很金贵，能在一个异性身上又花钱又花时间的话，那肯定就不是一般关系了，可他们又还没到那种程度。

只是每逢有什么好片子上映，有什么好吃的新店开业，才约上一起看场电影，吃个饭，一半是享受生活，一半是缓解工作压力，吃完饭后，各回各家。适逢阿城开车的日子里，他会送十七到小区门口。平时他们从来不闲聊，像西岸艺术中心那些静态展装置一样，不声不响地躺在各自的微信里。

他们头一个月吃饭几乎都是阿城买单。熟了以后，阿城妥协，跟十七 AA 过一阵子。半年后，又默认回阿城买单。

阿城官方承认的前任有两个，一个全家移民去了澳洲，一个去了英国留学后就再没回来。这样算起来他比十七还惨一点，十七心上只有一个窟窿，阿城却有两个。后来他身边来来去去的女孩子够凑一个足球队了，只是他很久不动感情上的心思了。

他们聊工作，聊过往的感情经历，比最好的朋友还清楚彼此的口味偏好，一致回避年龄、家庭背景和真实姓名。早在最开始，两人就达成了共识，谁也不问，彼此在现实里没有任何牵扯，不会把两个人的关系搞得复杂，也不会去干扰对方的生活。

久而久之，他们也成了魔幻上海的"拼单族"。

没错，上海潜伏着很多"拼单族"，拼 KTV，拼电影，拼车，拼租，拼露营，拼黑珍珠餐厅，拼外滩丽思卡尔顿酒店豪华江景房，还有拼婚买房的，等等。此外，还有很多不为人知的拼法。

这里房价高，物价高，欲望像雨后的野草一样疯长，一年又一年，一寸更进一寸。巨大的生存压力把年轻人的肩膀压到塌陷，但生来骨头就很硬的"95后""00后"会这样轻易屈服吗？

并不，他们不肯将就。

怕孤单，怕落后，要新鲜，要刺激，他们既愿意沉下心来玩命打拼，也渴望坐拥这座城市的繁花似锦。因此，他们把"拼"的精神发挥到了极致，同性的是"拼单一族"，异性的则是"拼单情人"。拼着单，分担着开销，享受着这里独有的便利与繁华、流行与放纵。

不光是上海，北京、深圳、巴黎、纽约、伦敦、墨尔本也都差不多，全世界高压高消费的城市都一样。"拼单族"四处潜伏，这个圈子里似乎遵循着某种奇妙的运行规则，没人能用语言准确地描述它，但大家都通过不断犯错和越界去试探另一个人的底线，直到达成某种默许的经济或性爱上的互惠关系。

至于十七跟阿城，只是无数"拼单情人"中的一对。

跟其他借题发挥的"拼单情人"不同，他们约好了，彼此不谈感情，不纠缠肉体，只一起吃饭、看电影，干净利落，准备随时抽身。可人的感情又不像调料罐里的调料，每次炒菜说放多少就放多少，人的感情哪会这么好计算。

09

阿城是个接吻的高手，一个很容易让女人在潮湿热吻里意乱情迷的高手。

他们在出租车后座上旁若无人地卿卿我我，臊得司机不敢往后面看，又憋不住好奇心一直通过车内后视镜偷瞥；他们在气氛暧昧的电影院里接吻，吻得座椅周围由温带变成热带，局部空气湿度变大、温度变高；他们在螺旋上升的电梯里接吻，门开了，外面的人也不敢立刻进去，生怕冲撞了这对小年轻的旖旎。

阿城仗吻行凶，屡屡犯规，逼十七就范。十七一边沉溺，一边防御，她不知道自己的理性和意志力还能抵抗多久。

那晚看完电影、吃完夜宵后，阿城照例送十七回家。

车子停在小区门口，阿城借着帮十七解安全带的机会，故吻重施，加重了剂量，吻着吻着，手指也不安分起来，从后面伸进十七的衣服里，在十七光洁的背上勾勒轮廓，攻城略地。

十七暗呼不妙，她的身体比她的意志力先就范。她扬起脸不自觉回应他的吻，她当然很喜欢他，可她贪心到想拥有一个完整的他。

她知道自己已经沦陷了。她喜欢他，喜欢到愿意为他改变人生计划，放弃外派出国的工作机会；她喜欢他，喜欢到能精准地分辨出他身体这棵树里长出来的爱跟欲的分叉。

可他不爱她，他只是用他在其他女人身上练就的技巧轻巧地应对她。所以他才那么肆无忌惮，胜券在握。对的，他不爱她，他从没说过他爱她。

他把她当什么了？他从前的那些床搭子吗？她用尽全身的余力推开了他。下了车，她脚步虚浮，在朦胧月色下，一路飘回了家。

从那晚开始，没办法再继续掩耳盗铃了。两个人想要的东西早就不一样了。女人总是贪心的，有了一点点，就想要更多点。

阿城想要一个好的饭友兼床伴，纯粹的生理欲望占据主导地位。十七渴望爱情，想攥紧一人心，她的爱情树枯萎了太久，迫切地需要种下新的种子，浇水施肥，悉心照料。

她二十四周岁了，男女之事上多少有些浅薄经验，她当然也可以是一个很优质的饭搭子和床伴，但她始终是个在传统文化氛围下长大的女孩子，从小谨遵严格家教，哪怕工作好几年了，回到老家的小城里还是要遵守父母制定的"宵禁"，不管跟谁在一起，哪怕跟亲戚家的小孩一起出去玩，九点还在外面要电话报备，最晚十点之前一定要人和精神面貌一起清清爽爽地回到家。所以她没办法放纵自我淹没在情欲的洪水里，她需要爱情这层虚伪的保护膜，好让这一切放肆都发生得心安理得。

她的心思沟壑纵横，阿城又怎么会猜得到。

恋爱，也是契约关系的一种，双方需求不对等，肯定没法走到一起。

成年人的游戏规则很复杂，也很简单，行就行，不行就拉倒，毕竟大家都很忙。

大人的角色扮演久了，情绪消化能力和情感排遣能力早就被操练出来了。感情上有点风吹草动就哭天抢地、要死要活的已是极少数，就算自诩是爱恨比谁都浓烈的大情种，还不是前一晚失恋分手，歇斯底里地大声哭泣，第二天又精神抖擞、浓妆艳抹地出现在会议室里。声色犬马那是有钱人的游戏，打工人的伤心一旦持续超过24小时，就属实有点不知轻重玩僭越了。

于是，他们没有翻脸，只是相安无事地"死"在了各自的朋友圈。

再见面是两年半以后。

彼时短视频早已占领互联网的半壁江山，所有人都在劝十七转型去做短视频，但在她看来，短视频吵闹无聊，只会谋杀时间，她还是更喜欢能让人心安静沉淀下来的文字，依然在给长期合作的几个公众号和杂志供稿。

离落早已大步向前，开了一家小的公关公司，一年能赚几百万，盛装出席各种酒会、商会、宴会，开始坐头等舱走 VIP 通道了。只有她还在原地踏步，说完全不羡慕是假的，可她又没觉得多可惜。她没有离落的那番商业头脑，创不了业，只能继续给老板打工。如果每月多赚一万块，但要 24 小时手机、电脑不离身，线上线下无缝衔接，大脑高速运转，应酬不断，那她还不如下班以后就玩消失。今朝有酒今朝醉，她还是想做她喜欢的事，赚她愿意赚的钱。

定西路路口开了一家大熊猫主题的火锅店，魔都的资深吃货们闻风而动。给美食公众号兼职写稿的十七去探店，恰好遇上了跟新朋友一起吃火锅的阿城。他还是老样子，游戏人间，玩世不恭。

两人站在调料台前简单打了个照面。

"好久不见。"说完，他下意识将调好的火锅蘸料递给十七。

十七刚想说不用了，手却十分自然地接过来，像从前的每一次。

"过得好吗？"他的声音里听不出任何情绪。

"有什么事能让我过得不好吗？"十七很想在回答里将他一军，可她没能发挥好。

"我看到你上次给愚园路上那家网红咖啡厅写的稿子了，写得挺好，要不要过来帮我写？我成立了一个 MCN 机构①……"

"不用了，我又不会写短视频的脚本……"

---

① MCN 机构：帮助签约达人进行内容持续输出和变现的公司。

"以你的文笔愿意写的话很快就上手了。"

"不感兴趣。"

"哦。要是有合适的朋友，可以推给我，我缺个管内容的人。"

"嗯。坐那边的女生是你女朋友吗？"

"不是。"

"饭搭子吗？"

"算是吧。"

"挺好。"

"你呢？"

"上海的餐厅已经吃不出新鲜感了，我现在喜欢半夜在家做大餐……"

"跟男朋友一起住吗？"

"我自己。有时候太香了，隔壁邻居会过来蹭饭。"

"男的？"

"嗯……"

十七怎么可能会做饭，她依然是那个做盐水基围虾都能把家里弄得鸡飞狗跳的厨房杀手，只是她不想再走回老路，把偶然当命运。

每个在大都市里独自漂泊的人都很孤独，日日在焦灼中期待着未来，食欲和爱欲之间，总有一样得到满足，不然人迟早要憋出病来。可与其从别人身上窃取那一点微薄的陪伴与悸动，不如把真心留给自己，不然等到那个真正对的人出现时，很可能就没有心力去爱了，毕竟真心是件易燃易耗的稀缺品。

"我能去你家吃饭吗？"他很想尝尝。

"不、欢、迎。"

"你一个人？不如坐过去跟我们一起吃吧。"

"不用了。有个摄影师跟我一起，我写稿子，他拍照。""我们"这两个字眼刺痛了她。

"你跟他很熟吗？拍档还是——"

"工作关系。"语罢，十七又补充了一句，"人类跟人类之间的关系。"她不知道自己为什么要解释，就算不清白，也跟他没有半毛钱关系了。

"我好了，你继续。"在心软之前，她得快点离开这里。抛下最后一句话，端着他调好的蘸料，她再次逃了。

多像从前那一夜，她躺在冰冷的地板上，手机里循环播放着艾怡良的《给朱利安》。《一生所爱》已经不够止疼了，绝望的人得配更绝望的歌。

10

阿城送一起吃饭的女生上出租车后，步行到不远处的一个小区，取回车子。那女生关车门时肉眼可见一脸的不开心，骂了几句英文。阿城开了车，却故意找借口不送她回家，果然是个没风度的混蛋。

在地下车库里停好车，阿城闭着眼睛靠在车座上，脑中浮现出十七的身影。她比之前更漂亮更瘦了，瘦得锁骨凸出来，脖子散发着邀请人狠狠咬一口的暧昧柔光。她怎么学会自己做饭吃还更瘦了呢？肯定又乱吃东西了，以前那家伙最喜欢托朋友搞一些稀奇古怪的吃食，逼着他吃从前不吃的东西，兔头、鱼腥草、油炸蚂蚱、沙虫，就差亲手喂他吃云南的见手青了。

他心里明白，她跟其他女人不一样，可她毕竟不是他从十五岁开始就爱得发疯的女人。

那个女人如今结婚生子定居英国，炫耀般地把混血儿的照片发给他看。为了带孩子方便，她生平第一次剪了短发，微微发福的身材幸福得要撑出屏幕。他已经不再嫉妒到发疯，他的感情知觉变得麻木，也用麻木折磨所有靠近他的女人，这很荒唐，但他停不下来。现在他已经分不清更想要谁陪他一起蹚生命的苦涩河流，不管伦敦还是上海，都像离他好几光年。

阿城凭记忆输入了她的微信 ID。她换了新头像，相册封面和签名却还是紫霞质问至尊宝那一句："你又明不明白，我已经不再是神仙了。"

他很早就知道他在她那里"刑满释放"了，她把他从黑名单里放出来了，他的大拇指只要轻轻点一下"添加到通讯录"，也许她就会回来了。可他来来回回好几次，拇指悬在半空，始终没能点下去……

传说世上有一种鸟是没有脚的，它只能一直飞啊飞，飞累了就在风里睡觉。或许有一天，淋过雨雪的鸟，也会好奇人间烟火到底是什么味道，长相厮守是怎样的感觉，也想从此停在一棵树上。只是没人知道，那一天是哪一天。

没人愿意等他从梦中醒来。

2

白桃乌龙

味的

夏天

01

庭院深深，夜幽如梦。

走出市中心这片闹中取静，种满了名贵香樟、海棠和珍稀茶花的私房菜别墅院落后，还残存精致装扮痕迹的都市红男绿女们，个个歪歪斜斜，身上酒气熏天。

高总在手底亲信的护送下，坐上了加长林肯，赶往夜色尽头的下一场应酬局，其余人随即卸下恭敬的紧绷和假笑，张罗各自的去处。

林小白刚点开打车软件，便被泰锡从身后揪住了衣领，他把她拖回到院落里说悄悄话："今儿瞧见了吗？人家艾琳多有眼力见儿，敬酒的时候那胸都快贴到高总700多度的眼镜片上了。你在干吗？就知道吃，你饿死鬼投胎没吃过饭吗？"

"拜托，你们都像哄智障一样，换着花样捧着他，又不差我一个。"林小白不以为然，她又不是第一次参加这样的商业酒局了。酒桌上慷慨释放的资源和承诺她哪里敢当真，又不是刚进社会的小姑娘了，听起来再轻巧不过的生意背后也都是权衡利弊，她没有产业和资源与人置换的时候，一切大饼都不用太当真。之所以肯出现也不过是抱着几分侥幸心理，想着十多个人里面总能挑出一个为人正派、愿意给新人机会的人吧？要连一个都挑不出来，说明这个圈子已经烂得不行了，早跑早改命。

"我们跟高总的合作合同早签好了，首付款都拿到了，你以为我最后敬那几杯酒为了谁？高总说的那个活儿你接不接？"泰锡拽着她的胳膊问。

"20万字，一口价15万，给中间人20%好处费你还落12万，你自己打着灯笼也找不到这么好的活儿吧？"他继续劝说，见林小白没什么反应，继而转变策略，"怎么着，罗森的饭团你还没吃够呢？你不是要当全职编剧吗？你不是说要去泰国住两年写个本子吗？全都忘了？"见林小白没反应，泰锡疯狂戳她的痛处。朋友有时候是不能太熟的。

"能署名吗？"林小白根本不在乎中间人拿多少，她只关心本子拍出来以后，片尾滚动字幕编剧那栏里有没有她的名字。

"做什么春秋大梦呢，枪手枪手，给你钱了还署什么名？"他伸出手在她眼前晃了晃。

"别晃了，让我想想。"她深吸了口气。

她劝自己接受现实，可她不甘心，不甘心当一个对内容没有任何掌控权，阿猫阿狗都能来提修改意见的新媒体小编辑。她要她的名字大见天日，她要她有故事的话语权！

02

太阳神翘班在家休息，懒起刷个牙的工夫，林小白的人生剧本就从"衬衫的价格是 9 磅 15 便士"快进到了"1 沪币等于 3.28 元人民币"的沪漂生活。

偶尔她也会回头看，怀念 1 毛钱一天租一本书，5 毛钱买一杯甜酒酿跟好朋友分着喝，攒满 4.8 元买一本《萌芽》杂志，自己一口气读完再借给同学读的快乐生活。现在 36 块钱的抹茶星冰乐只能让她快乐刚拿到手猛吸第一口的 2.58 秒，点个外卖都要凭借大学毕业后仅剩的数学知识计算怎么满减更划算，哪天出门出差没住上自己花一千多沪币租到的房子

都觉得便宜房东了……但她不想回头，回头就输了。

人如果能一直活在幻想里，人生会不会快乐很多？

这一年上海的夏天，雨多得像天破了个大洞，怎么也下不完。

傍晚，天色将黑未黑，乌云翻滚，又突降了一场大暴雨。宛若大豆的雨，噼里啪啦地从天空中砸下来，砸在楼顶、车顶、雨棚上，砸在梧桐、香樟、合欢树上，砸在阳台晾衣杆的衣服上，安稳地落在林小白的脚边，晕染出一朵朵俏皮的水花来。

奇怪的是，她虽然蹲在阳台上，蹲在大暴雨里，衣服和头发却几乎没湿。

"林小白的《一个黄牛的爱情故事》涉嫌抄袭我早期发在豆瓣上的《黄牛票上的爱情》。我当时还在读大二，随手写的，故事也就那样吧。我万万没想到啊，我自己都瞧不上的烂文章有人还惦记上了，人家从故事主旨到男女主角的人设，抄了个遍，就这水平还敢微博认证是作家？……我去翻了翻这厮恬不知耻的微博，这个故事上个月好像还卖出去影视版权了？难怪现在很难看到好的影视作品了，这年头会写的不如会抄的，劣币驱逐良币，害苦了我们的观众啊。"

ID为"金角大王的腿毛"，认证为"三流编剧"的博主，连发了三条微博控诉林小白抄袭。

此时正在蒙头大睡的林小白，根本不知道微博上早就炸开锅了。

有条指名道姓骂她抄袭的微博，两小时内的阅读量迅速蹿到了350万。很多微博粉丝800万以上认证过的明星，平常的博文真实阅读量都达不到这个数据。她最新发的三条微博的阅读量被各种路人网友硬生生地分别顶到了35万、45万和62万。

不用怀疑，这当中十分之九都是骂她的。

"抄袭狗滚出微博。"

"她好普信啊，还敢发怼脸自拍，我家二哈都比她好看。"

"啧啧，真是脸大如盆。哎呀，我最近在喝一个很神奇的青汁，两个月瘦了 15 斤……"

"你们这帮抄袭狗给原创留点活路吧。"

"这算严重抄袭了吧，内容相似度 75% 以上。"

除了骂她的，还有不少在她的微博评论区聊天的。

"林小白这人是谁啊？我都没听过。"

"抄袭狗呗，要不怎么说糊咖胆子肥呢。"

暴雨前的天气闷热得像极乐汤的汗蒸房，让人呼吸困难。

美股四次熔断。澳洲发生毁灭性的森林大火，导致超过 30 亿动物死亡或流离失所。东非出现近几十年以来最严重的一次蝗灾，蝗虫所到之处一片狼藉……比起这些，她的故事稍显平淡。

北京总公司下了裁员通知，她失业了；接着，她又遭遇爱情滑铁卢，失恋了。

失业的头两个月，她每天喝酒蹦迪，摇头晃脑，简直爽歪歪。

不用给资本家打工单方面被压榨，连空气中都弥漫着一种叫自由的香氛。不用上班，不用盯后台数据，不用扛 KPI，不用对着显示器敲脑袋，绞尽脑汁地想今天的公众号头条要追什么热点，写成什么样才能让数据好看一点，才能够得上这个月的绩效奖金。睡觉睡到自然醒，打游戏打到手抽筋，一天点四次外卖，三顿饭加一次夜宵。积了一层灰的投影仪也终于有时间实现它的自身价值，豆瓣 TOP250 的电影熬夜刷得很愉快，"书影音"那里她点亮的电影徽章也越来越多。

她开始报复性消费，32 件"待收货"让她觉得心里踏实。以前有工

作的时候，每天去公司最大的动力就是收快递；现在她失业了，下楼的最大动力仍是收快递，花钱不眨眼和收快递才是她平庸生活的此间风月，人间至爱。

从第三个月开始，日益缩水的支付宝余额和每月如期而至的信用卡账单，让林小白焦虑惶恐，头发狂掉，每付一次账单她的心脏就要梗一下。就算失业了，房租水电等硬性开支一样也少不了，她看了眼余额，她的存款仅够自己在逼仄的出租屋里再当半年废物。

失业让她更坦荡地当"手机重度依赖症患者"，失恋则把她变成"网易云死忠用户"，在每一首介于"治愈和致郁"之间的情歌评论区，她费尽心思扒拉着别人的暗恋故事、失恋故事、舔狗故事、绿帽文学，靠蚕食他人的情愫为生。

03

"咚咚咚——"

"哐当哐当——"

"810 开门——"

那砸门的架势像要把房子给拆了，这下，哪怕沉睡如猪的林小白也醒过来了。她打了几个哈欠，披了件绿色衬衫去开门。

"小姑娘，这都 4 月 9 日了，你 3 月份的电费还没交，再不交今晚可断电了啊。"物业大叔接着晃了晃手里的牌子示意，"微信还是支付宝？"

"多少钱？不好意思，我忙忘了。"

"532。"

"你说多少?!"

"532。"

"532?搞错了吧?你把单子给我看看。"怎么会这么贵?她怀疑有人偷电。果然只要人在上海,就能足不出"沪"丝滑享受欧洲消费,下次打死她也不敢租公寓了,租这里真的被中介坑了,这哪是交电费啊,简直是月月在割她的肉啊。

月薪 2 万的时候,几百块对她来说是毛毛雨,但 532 块对于失业三个多月的她来说,是一笔巨款。付款的时候,她的心在哗哗淌血。

物业大叔走后,她赶紧关上门,生怕再招惹别的账单来敲门。她这个星期只能承受割一刀,赶紧把微信名改成了"林一刀"。朋友看到她改名了,跑来追问缘由,她解释完后补充了一句,以后人均超过 100 块的活动暂时别叫她了,她不配。

清醒了许多的林小白,又重新打开电脑梳理了一遍剧情,那个"金角大王的腿毛"的文章,跟她写的完全不是一个故事,除了男女主角的人设恰好是黄牛和大学生之外,其他毫无相似之处,这也能叫抄袭?

比五百多块电费更让她吃惊的是,她微博主页上惊人的访问量、爆仓的评论和未读私信。她非但不生气,反而还有点兴奋。没想到啊!她竟凭狗屎运一分钱没花就上了热搜。值了!可喜可贺。

可这么重要的时刻,她竟然错过了。她就睡了一觉,凭空蹿进了热搜前 10,又很快被某某明星隐婚生子等热搜条目挤出前 10,降到了热搜榜单第 23 位。可能发帖骂她的人比她还失落,她没能及时应战,导致那个人也白骂了,两边都没能吃上这碗流量饭,亏大了!

以为这场闹剧终于告一段落的时候,她先是邮箱收到了黄柠檬影视公司的影视版权解约通知,紧接着又收到了版权经纪人珍珍给她的一大

段微信。

林小白早就想好拿到那笔钱以后就把上海租的房子给退了，去泰国住两年，她连公寓都找好了，这下全泡汤了。

林小白跟珍珍关系要好，珍珍给她交了底，话说得很直接也很清楚。虽然最后证明抄袭的事情子虚乌有，但毕竟引发了一场不小的负面风波。近年来，影视的资金流越来越紧张，停工的停工，撤资的撤资，有拍完播不了的片子，也有拍到一半投资人跑路的电影，全国范围内倒闭的影视公司不计其数。

影视公司为了应对洗牌的"寒冬"，为了省钱开始从编剧到演员、制作团队全方面地挖掘新人。除了资金，舆论也是影视项目的一大风险，再大的树也能被舆论的风吹倒，民意审判到了一种可怕的地步……

林小白觉得自己很无辜，无端被骂被黑，正等着钱到账还完卡债开启人生新副本，这下好了，几十万合同又打了水漂。

感情的事情已经够让她焦头烂额的了，她感觉自己像烧了大半截的蜡烛，就剩那么一小截。原以为东方不亮西方亮，现在看来，她人生的电力系统可能正在遭遇瘫痪危机。

日历上这一天翻到 4 月 9 日，但这个夏天的故事，好像要从 1 月 21 日说起。

04

"李编辑，我失业了，光荣地被裁员了。最近很闲，如果稿子要改的话，记得召唤我。"

"编辑大人，你在吗？第二本书再版的流程走完了吗？"

"你那边没什么事吧？我感觉你消失很久了……"

"看到信息回一下哦。"

以上分别是 1 月 21 日、1 月 27 日、2 月 14 日和 3 月 27 日没被回复的微信记录。

连林小白还在读小学的小外甥都知道，现在人不离机，手机都快长进人的皮肤里了，一个人 48 小时还没回你微信，他就是不想回。所以，早在 21 日的时候，林小白就已经知道再版的事情不妙了。

等她收到编辑回复的时候，已经是 4 月 5 日了。李编辑说，他也失业了，加上母亲去世，他索性把北京的房子退了，回家待了几个月，但也没清静成，老家房子是宅基地，为了争房子，弟兄几个把家里搞得乌烟瘴气。他每天焦头烂额的，任何人都不想搭理。

补完失联这段时间的剧情，李编辑自我调侃道："许是憋久了一时没忍住，家丑外扬，让你见笑了。"

林小白盯着微信聊天对话框，沉默了。我们毕竟还是对他人的生活缺乏想象力。

看来，每个人的日子都不太好过。

"我们放过彼此吧。"

"好。"林小白熟练地把那个人拉入了黑名单。最讽刺的是，哪怕黑名单，他也排在第一个，唯一的一个，反复进出的一个。

记得刚在一起的时候，他给她写情诗，他写："果汁分你一半，被子分你一半。所谓爱你，密码设你生日，晚上抢你被子，清晨吻你起床。"

她阴阳怪气地大声朗读，吐槽他的诗又土、又不押韵，还没有原创精神，但还是很欢喜地回应道："我啊，喜欢风，喜欢云，喜欢天上的星

星、森林里的萤火虫，喜欢白葡萄酒和有钱花，但就是不喜欢你。最后一句是假的。"

热恋时头脑发热吐出去的情话，分手以后都成了鬼话连篇。

事后回想，没有日暮蝴蝶纷飞的浪漫，只剩夜里心凉瘆得慌。

那天刚好 4 月 1 日愚人节。

愚人节是真的，分手也是真的。

他们在一起三年，2019 年年底一起旅行的时候还很甜，不知道怎么就走到了这一步。哪怕她用力敲自己的脑袋也想不起来，2020 年最初的几个月里发生了什么不可挽回的事情，有发生过什么吗？

她又无理取闹了？他又食言了？还是他那个异父异母的妹妹又隆重出场了？

曾经他们之间那些相处的像手指上绒毛一样清晰可见的细节，现在她却想不起来了，究竟是哪个原因必须分手，只能分手，她完全记不得了。

头昏昏沉沉的，思绪继续乱飘，她用力地敲打自己的脑袋，还是毫无印象。

她记得，有一次他们吵架，恰逢某个男人越挫越勇，热烈追求，屡献殷勤。那男人知道她有男朋友，但这点似乎并不妨碍他做他想做的事情。

当时两家公司正在谈合作，她不能把话说得太重，温暾地防御。

项目启动会开到很晚，他提议挨个送住徐汇区的同事回家，也执意送她，把她留到了最后送，她没拒绝，算接受了他的贴心安排。一上车，她就坐在后座心烦意乱地刷着手机。

到了小区门口，她以为他会放下她就走，没想到他把车停在了路边，企图送她进小区。她正想着怎么拒绝的时候，那个男人打开了后备厢，拿出一大束白玫瑰和一个精致的 Chanel 礼盒递给她。钱不是白花的，关系也不是白打点的，他怎么会不知道她独爱白玫瑰。

"生日快乐。小白。"那个人郑重地说。

"我有男朋友了。"她冷冷地答，没有伸手接东西。

"他真在乎你，今晚出现在这里的人应该是他，不是吗？"那个人口齿也厉害。

抿起的嘴唇暴露了她的不满情绪："那也轮不到你。"

他们一起开过很多次会，他知道，每当她有不同意见又忍住不说的时候，就是那副小表情，他故意忽略这种觉察。没关系，比起她的小男朋友，他有的是耐心和包容。

怼完之后，小白说了声抱歉，他这种用心在她动心之前，只是多余的负担。她本来想等项目结束后再郑重拒绝，然而在别人眼里，这竟成了欲擒故纵，后来话越传越难听，她也没什么好为自己辩解的。

回到卧室后，她心头涌起一股无名火，赌气微信轰炸他："乌振东，你这个王八蛋，你为什么不来问今天有几个人到我这里排队？"

"笨蛋，有多少人排队不重要，我在第一个就行。我在第一个，有一万人排队也没意义。"这大概是他说过的最自恋的情话了，林小白偏还吃这一套。

"谁给你的自信和勇气？"

"梁静茹。你赶紧睡觉吧。深圳的事情忙完了，我明天回上海。"

"滚回来就滚回来，关我什么事哦。""哦"字很神奇，可以用来阴阳怪气，也可以用来息事宁人。

"现在气是不是消了很多啊。生日会给你补的，到时纵天下大乱，也唯任林大小姐差遣。"

林小白不是气他没陪自己过生日，她知道项目有突发状况，乌振东要飞去深圳也是没办法的事情。她就是气他答应的事情做不到，机票、酒店很早就订好了，但每次都是最后一分钟乌振东说去不了。她也是请了假提前把所有的工作交接好，带上电脑随时准备在路上办公才协调好时间去旅行的。圣诞节是这样，生日又这样，每次都这样。

他每次生日，她都提前几个月开始琢磨送什么礼物，玩什么浪漫，怎么庆祝才好。每次都花很多心思，每次都送不一样的。

他呢？经常有突发状况，她不生气才怪。

他们跟别的情侣一样，会腻歪，也会吵架闹别扭，但每一次也都会有人先低头。

世界上根本没有底线这个东西，底线永远可以一低再低，一段感情里只要还有一个人愿意，走到最后哪怕再鸡肋再不堪，也能自欺欺人地继续演下去。除非两个人都累了，倦了，都不想往前走了，都不想再做任何努力了。

记得有一天，他们一起看《爱乐之城》，她哭得一塌糊涂。乌振东把她搂在怀里小心安慰，说如果以后分手了，千万别删他微信，就算分开了他也想一直看着她，她立马顾不上难过了，一下子从剧情里抽身出来，只顾着骂他乌鸦嘴。

原来他们之间的剧本早就写好了，从没打算过将来的过去，写好了不会有将来的现在。爱情浓烈燃烧后的灰烬，弥漫在愚人节讽刺的空气里。

她又撕了一页日历纸。

"在否？昨日刚回北京，才进新公司。"

再次收到李编辑的微信是 5 月 8 日。他回北京了，进了新公司，新公司主要做经典文学和儿童教育，新人的作品很少碰，但他说有机会一定会帮她推荐。

那一天，除了李姓编辑的信息，微信上还有 1023 条未读，但她懒得看。

那一天，她把乌振东的微博拉黑了，解除了支付宝亲密付，至此，他们之间的所有联系方式都被硬生生掰断了。

还是这一天，她单曲循环了 32 遍张学友的《认床》。里面有一句歌词："日记上写着五月八号，我换了新床。"

歌神认不认床她不知道，但她那些日子都睡得不安稳，经常失眠到天明。

生活烂尾得比她写的小说还要肆无忌惮。

05

林小白再度撕日历时，已经是 7 月 8 日了。

等她喝完第二杯白桃乌龙冷泡，咽下堵在喉咙里那份谁都不愿意搭理的厌世丧气后，她的自我意识方如倦鸟归巢，重新钻回皮囊里做人，拿起手机挨个礼貌地应酬回信息。除了一大堆未读，还有 7 个陌生来电，她没有回复陌生号码电话的习惯，只差一条待通过的微信好友申请，就完成今天的社交任务了。

她点开一看："李超？"

她是有个中学同学叫李超来的，也不知是不是那个李超。

通过后，对方秒回。

网上说，许久没见的老同学，联系你无非三件事：结婚，借钱，给

他家孩子投票。但李超并没有按照这个俗气的剧本演，简单打招呼后，直奔主题："李老师肺癌去世了，你能回来送她一程吗？"

这边是一阵悠长的沉默，他以为林小白没听明白，赶忙解释："我，李超，我姑是李文华，咱们初中语文老师……"

李姓在南山是大姓，林小白家住在北城区，北城区的李姓人家多是抗日战争时期从外省迁移来的。东城区则不同，都是土生土长的南山人，东城区的李姓人家多少都沾亲带故的。

不用李超多解释，林小白怎么会不知道是哪个李老师，她可是李老师的得意门生啊。中学时代，她严重偏科，数学烂得一塌糊涂，唯独语文一骑绝尘，不仅常年盘踞班级第一、年级前三的位置，作文经常被当作范文在李老师代课的其他班级朗读，还替学校拿过很多市级作文比赛的大奖。

李老师惜才，当年很照顾她，经常把她从被班主任罚站的尴尬场面里解救出来，让她帮忙一起改作文，干点语文老师的碎活儿，借学校图书馆珍藏版的书给她看。有次月考她因为数学不及格严重拖了后腿，她妈被叫到学校，见完老师没出校门就忍不住抽了她两耳光，也是李老师路过帮她解了围。

可这些年，因为家里的变故加上被催婚的原因，她越来越害怕回家，那个家给不了她任何理解与安全感，她一年也就回去一趟，只敢短暂待两三日。算起来，她已经有十多年没见过李老师了。

"我知道了。"她打每个字的手都在抖。

林小白彻底清醒过来了，她有什么资格逃避、厌世？她不配啊。就算逃避，就算躲进深山老林，就算躲到世界上最隐秘的村落里，自以为割断了所有的牵挂，命运想抽你耳光的时候还不是毫不留情。她没想到再次听到李老师的消息，竟是这般光景。

光景这个词可以这样用吗？

她隐约记得就连"光景"这个词，第一次在她的脑海里画出忧伤绵长的弧线，还是在鲁迅或朱自清的散文里，在她最爱的语文课堂上，十几岁的斑驳记忆微笑着望着她，她的心幽幽啜泣着，眼角挤不出一滴眼泪。

她再也见不到李老师了，等不到看李老师为她骄傲的样子了，她觉得自己好没用啊。

再过两个月就三十岁了，她毫无长进，五年前生日会她在最好的朋友面前，举起酒杯慷慨激昂一饮而尽，豪言壮语道她一定要三十而立，写出名堂赚到钱。可如今她还只是一个作家圈的路人甲、编剧圈的小枪手、自媒体圈子里的查无此人。

她闭上眼深吸了几口气，尽力整理自己的情绪："几号葬礼？李老师家还在原来的地方吗？还在二中附近吗？"

"没搬过。后天你来得及吗？我开车去高铁站接你吧。"

"不用，现在南山打车也方便了，我自己打车就行，你那边要忙的事估计还很多。"

"那也行。"

挂了电话，林小白立刻打开手机订票，好在现在有直达高铁了，回南山只要 2 个小时，不然像从前只有 K 字头和 D 字头那会儿，回去还得途经南京再转坐汽车。

从伤心中抽身出来，林小白又回到现实，一想到自己毫无着落的生计，她只好觍着脸回头去求手眼通天的 Kacey 姐："上次那个稿子让我接着写吧？以后我保证活好听话，再也不嫌弃这嫌弃那了。"

"姐，得空了回我哈，这次稿费打八折。"

学会写"弯腰"两个字，可能只需要读到小学三年级，但学会"弯

腰做人"则要花三十年甚至更长时间。

那是一篇帮某正在参加热播综艺的男明星立人设的公关稿。

这类稿子很好落笔，按照固定的套路写就行了，把客户提需求时要求的点立住，无非是站在粉丝的粉红泡泡视角，熟练运用超倍数放大镜，把芝麻绿豆一样细小的优点、才华，放大十倍百倍，广而告之。这类稿子不需要她自作聪明做其他发挥，一晚上写一两篇问题不大。奈何该明星的经纪人事儿比较多，既不想得罪圈内人，又想踩同期录节目的其他几位嘉宾，"明褒暗黑"这就有点为难林小白了，一不小心稿子改到了第五遍。

改到右侧脖颈的酸痛开始明显往肩部区域扩散的时候，她抬眼看了写字台上方的时钟，夜里12点多了，比起熬通宵算早的了。

在上海，不管是哪个行业，要想做到顶尖都非易事。

就这个点，她不论打车去到上海的哪个区，路过任何一栋有律师、会计、广告人、互联网人入驻的写字楼，抬头望去，迎面而来的都会是呈方块状散射的灯火通明。然而，这些人在辛苦之余还有光鲜和收入抚慰，城市里有更多的未眠人，他们是不被看见的，没有话语的，他们的工作环境更恶劣、劳动时间更长、收入也更微薄，他们鲜有机会占据舆论高地，上新闻版面，哪怕时间很短暂。

她也是不被看见的，哪怕她靠笔杆子吃饭，此刻还在敲着键盘，可这里面无脑尬吹的字眼没几个是她想写的，原本就被稿件折腾得头脑昏沉，再想到这个，她的心情更沉郁了。

开始写小说以后，她又不止一次幻想过，等哪天自己写的小说改编成电影了，一定要包场请李老师看电影，其他老师也请，尤其是对她怨念颇深的数学老师，可意义毕竟不同。

早年那个意气风发、激昂追梦的她，而今也走疲惫了，迷茫了。梦想越追越远，她早就羞耻谈梦了，更害怕同从前的老同学、老朋友联系，怕他们发现，曾经年少轻狂夸下海口将来要当大作家、大编剧的她，早已泯然众人，又普通又落魄。

说好的踏平山河，手摘星辰，名扬天下，一日看尽长安花呢？

睡一觉也好，睡醒了，明天又是新的一天。明天要抱着新的心情回家去送李老师。

不对，不是明天，现在好像已经是"明天"了……

她趴在键盘上睡着了。

06

自打失了业以后，林小白就把爱打车的资本主义毛病给戒了。

出小区扫了辆小黄车直奔地铁站，她有快一个月没出过门了，靠外卖和糟糕厨艺苟活着，这一出来，外面的太阳差点把她晒干了。她在太阳底下东躲西藏，车骑得歪歪扭扭，感觉外面那些树、草、楼、车和人好像都是才从地里长出来的一样，天上的乌云如十万天兵压境，这一切都像是 3D 打印出来的，让她觉得好陌生。想到这里，她突然有个毛骨悚然的念头，也许她只是世界这场规模宏大的游戏里最不起眼的一个 NPC[①]，也许这场游戏已经背着她悄悄刷新过很多次了，而她因为太过无足轻重甚至没收到过系统通知。

只在南山住一晚的她，只带了一套换洗衣服和一次性的洗漱用品，

---

① NPC："非玩家角色"的英文缩写。

一个中型斜挎包刚刚好。她轻装上阵，像条灵活的鲤鱼般，在拥挤车厢的夹缝里生存。连接浦东机场与虹桥火车站，横穿上海重要地段的地铁2号线，永远人山人海，冷如冰窖。

车厢里挤满了人，站着的、坐着的、高的、矮的、胖的、瘦的、精神的、疲态的、土气的、时髦的……背着双肩包一脸青涩的大学生，黏在一起时不时你亲我一口我摸你一下的小情侣，带孩子来迪士尼玩的中年夫妻，接了个电话就打开平板电脑开始改文件的打工人，拎着LV的精致美女，蹲在角落里抱着蛇皮袋的农民工……不知道他们在这个游戏里过得都还好吗？这是他们原本想要的人生吗？

下地铁的时候，她走了神崴到了右脚，手机差点被撞飞出去；上扶梯的时候，又被斜后方的高壮男生踩了一脚。人心神不宁的时候，真的很容易出岔子。

她被人流推着往前走，注意到前面有一对小情侣，他们的双肩包上分别挂着皮卡丘和小火龙，她的目光追随着它们在前方跳跃。神情恍惚中，思绪又往前飘忽了好几年，她想到那一年她第一次去北京，那个人就抱着一只巨大的皮卡丘在北京南接她。

过完安检，她找了个角落的位子坐着。自小没什么安全感的她不论去哪里都习惯了提前，好让自己有充分的应对时间，哪怕出岔子也不怕，可她来得也忒早了，抵达后离检票还有一个小时呢。她纠结要不要开会员补一下最近在追的综艺，没想到会员过期了。

她不是那个对钱没概念、不知天高地厚、动不动就买买买的"魔都丽人·白"了。她堕落了，又升华了。此刻，她是一个对生活有了新领悟的"葛朗台·白"。

25块钱不多，她付款的时候犹豫了。搁在以前，各大视频网站会员随手就包年了，大抵正因为花钱没个计划，她认真工作了六七年才没存下多少银钱。对一个无限期失业、家里蹲、每个月靠写稿最多赚个几千块的人来说，每笔开支都需要掂量一下。白嫖不可耻，钱得花在刀刃上，要不古人怎么说"仓廪实而知礼节，衣食足而知荣辱"呢。她已经穷得不要脸了，穷得准备去问五百年前的前前男友借视频网站会员了。

她突然接到了东麒的电话："你在干吗呢？"人穷志短的诡异磁场就这么厉害吗？

不一会儿，她手臂上的汗毛瞬间全都立起来了，根根分明，不知道是高铁站空调打太低的缘故，还是一颗心冷掉以后的寒潮反扑。

"在高铁站。"

"去哪儿？"

"回家。"

"你不是不爱回家吗？"

"怎么，我回家还得向你打申请报告啊？你当官上瘾了？"不知为什么心都冷了再遇故人，记忆里残存的余恨还是让你忍不住怼他，不分缘由地怼，心不够硬的人就剩嘴硬了。

东麒讪讪地说："我这不是关心你吗？"

他关心林小白，但又怕这份关心过了头，怕她又把他拉黑了，最后连普通朋友都没得做。

"你在家吗？"她问。

"没呢，还在单位。"他答。

"嗯……"

"那个，我今天刚好没什么事，我陪你多聊会儿吧，聊到发车……"

等他说完，林小白心头一股情绪涌起，尽管那个情绪像坏掉的水龙头里渗出来的水，只有可怜兮兮的几滴。

六年前，他们分手了。

林小白从北京一路哭着坐高铁回了上海，到了上海出站以后，她红肿得像灯笼一样的两只大眼睛，发挥了绿灯的功能，一向人挤人的虹桥站也没有很挤，大部分抬眼看到她的人，都会很识相地让行。

她破天荒地在平时让人挤到怀疑人生的2号线上坐到了位子，两瓣屁股都被承托的路途可真踏实啊！

做过男女朋友的两个人聊天，哪怕心里再坦荡，再避嫌，也免不了回溯感情话题。

他们分开以后，东麒谈过两个女朋友，时间都不长，没等林小白过问原因，他自己抢先做了总结陈词："我没用，都是我的错。"

"姜东麒，你在她们面前提过我吗？"

"有啊，这又没什么好隐瞒的。"

"你是猪吗？只说了一点，还是都说了？"

"不知道啊，这哪说得清楚，我又不能用量杯量着说。"

"姜东麒，你发现没有，你老在现任面前提前任，我们在一起的时候你就这样，我拜托你明天去回龙观医院挂个号吧！"

"别介，好好说话，你怎么又生气了……"姜东麒不明所以。

"我不是生气，我是恨铁不成钢。"林小白咬牙切齿地说，"你怎么就不明白呢？你以后谈恋爱能不能长点心，别什么都往外说，女孩子再大度也不愿多听男朋友叨叨跟前任的事。"对于热恋中的人来说，现任的前任难道不应该安静得像投胎转世了一样干净利落吗？

"这不就跟你说说嘛，我又没想那么多。"

"这不是你想不想的问题，这是别人会不会多想的问题。"

"哦……我知道了。"挨大领导骂他都能狡辩几句，在她这里他总是错的，这是他亏欠她的。

07

聊到最后，林小白还是没忍住："姜东麒，有个问题我一直没问你……"

"怎么了？"

"那一年，你为什么没留我……"

假如那天姜东麒追到高铁站，她可以为了他留在北京的，大不了搬个家再重新找一份工作，她连北京哪里租房性价比高、上海的社保能不能转过去都打听好了。对她这样漂着的人来说，北京和上海都是他乡，只要是在他乡，这里跟那里又有什么不同？有人爱、有爱人的他乡，才不一样。

林小白问完，东麒沉默了好一会儿，像在组织字句："我害怕，你信吗？我打小就没出过北京城，以后也不会去别的地方定居，北京人不出北京城，出得了国也出不了北京城，听起来很可笑对吧？我小时候也不信。长大了发现事实就是这样，我周围的人也都这样。也不知道为什么，哪怕走出去逛完了全世界，最后还是拎着行李回来了，就当我们习惯了故宫、暖气、沙尘暴和卤煮吧。也不怕你笑话，我一同学快三十岁了都没出过海淀区。"

"我到现在都还没去过上海，一次都没有。"

"我怕你只是一时头脑发热，我怕你放弃了工作，放弃了好朋友，放弃了上海的一切为了我跑到北京，到最后咱俩没成，我怕我什么都给不了你……"

"那时候我工资还没你多，你一个月一万多，我一个月才几千块，咱俩约会也从来没奢侈过。"

"钱和房子我们家早都安排好了，这些都不是问题。但我担不起这么大的责任，我那时候不成熟，我到现在也不敢说自己成熟了，而你是那么有主意的一个女孩儿……"

搁在以前，遇到同样的剧情，林小白肯定会简单粗暴地下一个"还是不够爱"的结案陈词，再把他骂得狗血淋头。但自从她活得像善于观察的孤岛，在人类情欲的海洋上漂浮，隔岸看过其他岛屿爱恨情仇、万般纠葛后，她对"人类及情感的多样性"有了新的认知。

有因为信仰不同，男女双方亲属在婚礼上大打出手被迫分道扬镳的；有前任女友出车祸去世而和前任的老公一起照顾前任儿子的；有六十多岁的广场舞领舞大叔因为身材好在半年内换了六七个女朋友的……

比起人类丰饶的情感，大家的想象力稍显匮乏。具体到每个人的情爱与感受，都是独立而独特的，都值得更为细密的洞察和客观的第三视角记录，简单解释和粗暴归纳，能得出什么真理来？

没答案也比谬误强，给任何人、任何事下定义之前，不如多点有效观察。

"不因为我不是北京人？"这才是林小白憋了很久没能问出口的。

"不是。你瞎想什么呢，我爸妈不是那种人，我们家最不缺的就是北京人……"他心颤颤地撒着谎。

"那你想过跟我结婚吗？"

"想过，我妈现在有时候还会问到你。不过……"

"不过什么？"

"那一年，我家出了点事儿。你知道我爸是房管局的，因为舅舅家拆迁的事情被人举报到了纪委，说我爸利用职务之便从中打点，我妈在一个八竿子打不着的单位，也被请去接受调查了。好在后来查清楚了，是舅舅家的邻居妒忌诬告的。"

她这才知道，在结果没出来的时候，他在单位里的日子也不好过，听到过不少离谱的传言，那阵子背后的窃窃私语和打探目光像毒针一样扎人。那半年他家里也都不太平，各种事情都挤在一起了，爷爷也被气病住院了。他什么忙也帮不上，第一次觉得自己人生挺失败的。事后他爸自我调侃："洁身自好了一辈子，快退了差点晚节不保。"

"那你爸现在还好吗？"

"没事，都过去几年了。子虚乌有的事情咱们不怕，按老姜同志的身子骨，还能向天再借五百年。"

只有愈合的伤口，才不介意在人前展示。只有踏平的坎坷，才能云淡风轻地说出来。

这算都释怀了吗？

08

"全体旅客请注意，全体旅客请注意，受强降雨影响，部分上海虹桥车站始发、经停列车停运……请旅客朋友们及时关注车站广播通知及电子显示屏信息……"

她还没能从旧伤缠绕的情绪里走出来，高铁站的播报掀起了她新的情绪风暴，上海中心气象台发布暴雨红色预警，突发性强降雨导致大面积列车停运，她赶紧查了途经南京站的车次，只要到南京离家就近了，到时候坐大巴或打一辆出租车回去都行，结果去南京的也全部停运了，恢复时间未知，要看接下来的天气状况……

火化是明天早上6点，她如果不在今天赶回去，是无论如何也赶不

上了。

她强压着难过，发微信跟李超解释，想让他帮自己买点花篮什么的，却发现李超把她拉黑了。

她拼命地打他电话，打了十几个，一直没人接，直到不得不面对现实，她的手机号也被拉黑了。

李超一定恨上她了，恨她没早点买票，买更早的班次，就不会赶上大暴雨了，恨她错过这辈子见李老师最后一面……

她想不顾形象地号啕大哭，可她一滴泪都挤不出来。

旁边的人纷纷举起手机对着玻璃外面拍照，难得一见的"虹桥看海"被他们赶上了。很快，在"我在虹桥看海"的话题标签上了微博热搜，网友纷纷在评论区交流起来。

"在上海待了七八年了，第一次发现陆家嘴的暴雨落得像雪花一样……"

"你那算好的了，虹桥机场都被淹了……"

"谁敢信今年没去成三亚，在虹桥看到海了……"

普通人的盛大期望终抵不过命运的风浪，她心里的那片海永远永远也蹚不过去了。

09

再次回到南山，已经是9月下旬了。

这次她一个人回来，从高铁站打车进城区的路上，崭新的高楼大厦，许多叫不出名字的街道和商务区，透过车玻璃映在她眼里。在她努力逃跑的这些日子里，南山出落得更繁花似锦了，也更陌生了，好在它还像记忆中那么美。天高云淡，放眼望去，大片大片的银杏林，满树的银杏叶在秋风里摇曳生姿，像什么都没发生过一样。

李超先陪林小白去祭拜了李老师，又一起回了趟南山二中。

路过校门口那张白底黑字 A3 大小的讣告时，一个字如一根针，她的心快被扎得无法呼吸了，她终于明白小时候许仙被天蚕筋穿透锁骨那种撕心裂肺的痛了。寥寥数百字，就概括了李老师的一生，桃李满天下，师恩却难再谢。

李超从李老师生前用的储物柜里拿出一个有点破旧的笔记本，本子的边儿都卷起来了。他把那个本子递给林小白，林小白见到那个熟悉的封面，傻掉了。

她摩挲了一会儿那个封面，一页一页翻起来。

　　周杰伦《简单爱》

　　林俊杰《一千年以后》

　　光良《童话》

　　陈小春《算你狠》

　　光良《痴心绝对》

　　马天宇《该死的温柔》

　　……

读初中的时候，有一阵子特别流行抄歌词，班里几乎人手一本。她尤其沉迷，仗着自己在班里人缘好，霸道地让班里每个同学帮她抄一首歌，很快就抄满了大半本。她那时可有成就感了，把歌词本当个宝贝似

的天天装在书包里，没事就拿出来翻一翻。听不进课，不想上自习的时候，也拿出来翻一翻。

中考前两个月，她再次因为数学模拟考不及格，上课又偷听 MP3 被数学老师没收了歌词本，他黑着脸说什么时候考及格，什么时候再把本子还给她。

中考完，她忙着参加同学聚餐，忙着泡在书店里看名著、看武侠、看言情，忙着喝汽水过夏天。等开学上了高中，重点班压力很大，淹没在学业里的她完全不记得要去找数学老师要回歌词本的事情了。

没想到，十几年后竟能失而复得。更让她没想到的是，那个歌词本的后半本，是她这些年在各大杂志上发布的文章简报，《读者》《萌芽》《青年文摘》《文苑》……

李老师把署名林小白的文章都剪下来贴到歌词本里了。

歌词本的最后一页，是张学友的《祝福》，用黑色钢笔抄的，工整娟秀，署名"李文华"。旁边还有一行用蓝笔写的小字："祝林小白同学的大作家梦早日成真。"

你下定决心要忘记的人，微信输入法还记得；你差点忘记的梦，还有人帮你惦记着。

林小白坐在刚翻新过的操场跑道上，眼泪鼻涕一起流，哭成了泪人。

李超看着哭得稀里哗啦的林小白，完全不知道该怎么安慰，他傻站在一旁看着她哭。这时，一个视频电话打来，是李超老婆，她说女儿们想爸爸了，要跟他讲话。电话那头随即传来两个甜甜糯糯的声音，争相喊着"爸爸"，李超一脸幸福地回应着，说一会儿就回家。

李超挂断电话，林小白哭得差不多了，他一转身正撞上林小白死死盯着他的眼睛。

"你还恨我吗？"林小白突然问道。

"恨啊，恨得牙痒痒，守灵那晚我一气之下把你们都拉黑了。我姑走之前还老念叨你的名字，说你上课最捣蛋了，偏偏脑瓜子最聪明，学习稍微上点心，年级名次就上去了。不仅你，她还提到了姜斌、范子豪。你们这些好学生混得人模狗样的，有几个准时赶回来的，我替我姑不值啊，倒是这些学习差的大部分都在省内，一个电话马上就开车回来了……"

"对不起……"除了对不起，林小白不知道还能说些什么，眼泪又流了下来。

李超见状，赶紧打开手机相册，炫耀似的给林小白看她女儿的照片："看，我女儿，漂亮吧。"

"你有一对这么可爱的双胞胎，真好啊。"林小白的注意力立刻被穿汉服的双胞胎小可爱吸引了。

"我以前挺不着调的一个人，但自从有了女儿以后，我感觉生活有奔头了。每天回家听到她们两个一边喊爸爸，一边跑过来要抱抱，心都化了……"

"其实，我有时候挺羡慕你们的，羡慕留在老家的人。一切都很熟悉，有自己的家，有可爱的宝宝，有安定的生活，不像我，还在漂着，没个定数。"

她一个人在外面，生活过得兵荒马乱。

往积极处看，她是坚持自我追求梦想的有志青年，可要是往消极处想，她和上海这座城市里的其他沪漂青年没什么不同，都只是时代洪流里的一粒不起眼的沙，建设国际化大都市的耗材罢了。被时间、被工作、被城市里的既定轨迹推着往前走，留不下来，更回不去，夹在故乡和他乡之间，进退两难。也不怪网友嘲笑他们，说他们像旧社会的宫女、太监，见多了世面，但没未来，更没孩子。

"我们这帮老同学都很羡慕你，你在大城市见多识广，又没结婚，想玩就玩，多潇洒。"

"你就别酸我了，我什么都不是，我只是一个写字楼女工。"一个没房、没车、没存款，在婚姻工厂里质检不过关又自视甚高的三无人员。

"啥叫写字楼女工？你又讲我听不懂的词。"

"我开玩笑的，我意思是我也很普通。"

"你可不普通，我听说你现在都当上作家了。我想起来了，你以前在班里写小说都没给我安排角色。老同学，你这就不够意思了！"

"以后给你补上还不行吗？"她曾经真的以为可以靠写点什么来改变世界。到这一刻他们才重新熟悉起来，找到当年做同学的感觉了，林小白接着说："很讽刺吧？我现在是家里最大逆不道的人，除了还在读大学的两个表弟，我所有的表哥表姐、堂弟堂妹都结婚生孩子了，只剩我了。" 她受不了令人窒息的催婚氛围，所以甘愿承受做自己的代价。人不能什么好处都想要，拿到了自由就不该再贪图安定，有了财神爷庇佑就不该怪月老消极怠工。

"小白，你知道吗？每个人生命里都有一个出挑的、不那么普通的传奇人物，你就是我这里的传奇。就像那时候选班长，你跟张雯只差一票，但我投给你了，你还记得为什么吗？"

"我记得啊，因为你觉得我打架很厉害，以后跟其他班打架带上我还能派上用场。"林小白读初中的时候确实泼辣，有一次把班里某个小混混头目一巴掌给扇哭了，从此名声大噪，没人敢惹。

"我现在也觉得你是个很能打的人。"李超停顿了一会儿接着说，"你有想走的路，就把它走完，别去管别人怎么想，别走到一半又回头去走别人选好的路，往前走，别害怕……"

他说完，林小白的眼睛红红的，那不是李超能说出来的词，那是李老师才会说的话。

到了饭点，李超邀请林小白去他家做客，林小白婉拒了。她下午要坐高铁回上海，她想在二中附近逛逛，难得回来一趟。李超也不再坚持。

她一个人在学校里逛了好几圈，教学楼翻新过了，现在每个班里都配了摄像头和投影仪。篮球场和足球场也都翻新过，但操场露天乒乓球台背面刻过的字还能找到。

以前的音乐大教室变成一只巨大的绿色蘑菇亭，绿色的蘑菇头，白色的蘑菇柄。

林小白班级所在的1号教学楼跟音乐大教室是平行的，中间隔着做课间操的大空地。

那时候学校里很流行折纸飞机许愿。在白纸上用紫色的笔写下自己的心愿，然后把纸折成纸飞机。日落以后，站在1号教学楼的二楼往音乐教室的屋顶上飞纸飞机。如果纸飞机能顺利地落在音乐教室屋顶的瓦片上，那就表示愿望会成真。据说当时学校里有几对著名的小情侣，就是这样在一起的。

音乐教室上的纸飞机越来越多，铺了一层又一层，尤其每年中考、高考前更是盛况空前。

林小白当年也飞过很多纸飞机，还和暗恋过的男孩子坐在音乐教室的屋顶上看过星星，分享过耳机，一起听过周杰伦，聊过张爱玲和卡夫卡。

每个人的青春里都有一段嫩得掐出水来的时光，纯粹又快乐。那是一段在之后的成年人岁月里，每次回想起来嘴角都会不由自主上扬的时光。

出校门后，她忍不住回头看了几眼，拍了学校门头的照片留念，拍了讣告存在手机里。

小时候放学铃一响，从班级走到校门口总感觉好远，可如今再看，原来学校这么小这么挤，教学楼就那么几栋，进出学校大门的走廊也这么短，几步路就走完了……

"因为你已经一个人走了很远很远的路。" 秋日暖阳在她面前晕染开一张微笑的脸，抱着语文课本、穿着碎花长裙的李老师，仿佛站在走廊的光影不远处跟她说话。

她又忍不住开始掉眼泪，她都没赶上葬礼，李老师却还惦记着她。

一个可爱的小男孩路过，拉着她的裙角关心道："姐姐姐姐，你怎么了，你为什么哭了？"

她赶紧蹲下来，摸摸他的头："我没事，我小时候很喜欢喝二中门口的甜酒酿，可是今天都没有开门哎。"

"姐姐，你别哭，我请你吃辣条吧。"小男孩说完把手里的辣条撕开，分了她一半。

那半根辣条是她吃过的全世界最好吃的辣条。

辣不是味道，是痛觉。

10

如果周杰伦是她的"致青春"，那"万能青年旅店"则是她的在路上。回上海的高铁途中，车窗外的风景一点点倒退，她单曲循环着"万能青年旅店"的歌。这个秋天，她想去一趟石家庄了。

9月27日，失业大半年的林小白再次接到了泰锡的电话，问她有个访谈类的综艺要不要参加。节目一共录制12期，一档把美食和访谈结合起来的网综，在节目里会探讨当下年轻人普遍关注的一些议题，比如，职场 PUA、AA 制婚姻、年轻人要不要躺平、外国的月亮还圆吗，等等。出场费很低，但好在主咖很有名气，节目录完了以后全网播，对提升影响力很有帮助。年轻作家这块，泰锡力荐了林小白，制作人那边基本没问题，只需要她再补一份个人资料走合同流程。

"去，必须去。"脑子有问题的人才会拒绝天上掉下来的好工作。

"你赶紧做个 PPT 给我。上一份内部提报的资料，还是我自己去你微博上扒下的内容。"

"我知道你最好了，大望路吴彦祖！宇宙第一帅！等回头来上海请你吃大餐。"林小白开始吹彩虹屁感谢。

"对了，我这么糊，总导演那边为什么会同意？"

"那当然多亏了我的三寸不烂之舌了。"泰锡耍完贫嘴继续补充，"其实还有个隐形的条件，这次的赞助商背后是高总的人脉，所以上次高总介绍的活儿，你必须得接，能做好吗？做得到吗？"

林小白深吸了一口气说："我接！"

先吃饭再做梦不丢人，大学生不脱长衫没工作，她不放下点傲骨，眼看就没钱交房租了。

"你得感谢之前网上骂你的人，让你好歹有点话题性。"

以前纸媒时代，不怕你穷，就怕你穷得没有特色，穷得没有新闻价值，穷得哪怕采访记者写完稿子了，总编辑也不会大发慈悲地给版面。如今短视频时代，流量为王，不怕你被骂得体无完肤，就怕你糊得街头巷尾无人知。

对林小白来说，她别的自信没有，只要镜头对着她，她就能说出点子丑寅卯来。

不管怎样，能有机会发出自己的声音终究是很开心的。

11

夏天的湿热雨季过去了，日历也撕到 9 月底，按照魔都一贯的骄纵脾气，会一直热到 10 月份，忽冷忽热，然后一夜气温骤降，逼得你裹紧呢大衣。

体感温度依然停滞在夏日，闷热硬是赖着不走。隶属中央空调管辖的白日里，你不得不披着针织开衫开着空调过活，可逃离了工作场景的夜晚，你也情愿盖着棉被伴着制冷模式入梦。不是不可以开门开窗放松神经地裸睡，只是对城市的夜晚来说，安全感是个太过奢侈的东西。

生活的平淡像嵌入皮肉里的竹刺，不会疼得撕心裂肺，却日夜隐隐作祟。你很难彻底根除，也无法视若无睹。对付平淡与庸常，构成了生活不可或缺的一部分。持续的丧文化与躺平潮流，是当代青年在遗憾远方未至与离弃梦想不舍之间开垦的两个典型情绪收容所，他们不知道自己会停留多久，未来是不是真的可期。他们不知道的，林小白也不知道，可人要偶尔回头看，才有勇气往前走。

所幸，打折季抢的做工讲究的黑色切尔西靴已经拿到手，织满温柔的彩虹毛衣也奔跑在路上了，日日走过的桥上桂花的香气时不时地来鼻尖挑逗，在无人察觉中，秋天蹑手蹑脚地赶来赴约了。宝格丽红茶的香味随着她的藏青色格纹复古长裙在衡山路上摇曳，明年这个时候的她会不会已经在自己想要到达的地方呢？

在这个一切不可预言与掌控的时节，秋日竟也撩人起来。

至于做的选择是好还是坏，那是日后记忆倒带才能确定的事情，她只需在路上。

3

谁人

可抵

岁月长

01

　　整座城市被淹没在大暴雨里。拿过几个传媒影响力大奖，如今坐在能够俯瞰黄浦江江景的独立办公室里的苏沫，看着雨水如滚珠般从玻璃窗上粒粒落下。她的眼睛直视着窗外，右手大拇指和食指一起摩挲着左手中指上的钻戒。如今拥有了新的公寓、新的事业和新的男朋友兼未婚夫的她，还是会在看见玻璃杯的时候，大脑里本能地浮现玻璃碴四处飞溅，她坐在地板上紧握住玻璃碴，跟姜城吵架破口大骂的场景。

　　未婚夫白羽把平常研究咖啡的心思全都扑在了他等待已久的婚礼上。此前他花了三四个月的时间收集婚房的软装，他希望徐汇滨江附近那套三室一厅里的每一个细节都无可挑剔，每一个单品都独一无二，这样才配地久天长地陪伴他和苏沫。他还是没能弄明白苏沫为什么把他在巴黎好不容易淘到的一系列精致考究的玻璃器皿束之高阁，她不想说的，他便不去问，这是他学会爱她以来的默契。

　　苏沫的确不打算跟他解释她为什么会这样，现在不会，将来也不会。又不是多么值得纪念的历史，不过是些爱里耻辱的伤疤，她一个人承担就够了。

02

　　小米见姜城的第一眼，完全没意识到他是苏沫的男朋友，苏沫和姜城之间弥漫的礼貌而疏离的气息，一度让她错以为，他们只是彼此为了节省开销一起合租的室友。

姜城顶着一头油乎乎的头发，戴一个极简的黑色发箍，下巴上零落着细碎的胡茬，脸瘦削而凌厉，鼻梁挺傲，特别像言情小说里帅气又颓废的男主角。

她们换鞋进门的时候，正撞见他把吃剩了一半的泡面，随手扔在了厨房的垃圾桶里。一股馊味猛地溢出来，熏得小米差点把晚上加班吃的蛋炒饭吐出来。

那天，她跟苏沫为了赶一个客户隔天要的提案，一直加班到晚上11点多，回家的地铁早停了。苏沫提议去她家过夜，她家很近，离公司只有两条街的距离。小米一想，也好，这么晚了，一个人打车回遥远的嘉定又贵又不安全。

即便已经临近12点，当她们走出写字楼，撞见的仍是满目璀璨刺眼的灯光和来往不息的车流。小米觉得自己像是大城市珠光宝气的耗材，自己已经够辛苦，忙得够晚的了，可一打开打车软件，好家伙，排队至少30分钟，一抬头这栋甲级写字楼里还是一如既往的灯火通明。

她们两个踩着细高跟，拖着疲惫的身躯，拎着沉重的电脑和文件，迈着忽高忽低的脚步，慢吞吞地沿着长宁路，往愚园路方向走。每多走一步，小米赤脚走路的想法，就比前一秒钟强烈十倍。

每当被踩了一整天的高跟鞋折磨得生无可恋的时候，小米都会悲愤地想，不是它不好，是我不配，普通上班族根本就不配穿高跟鞋，日行两万步，简直是自虐。奈何，老板经常念叨见客户的时候要注意形象，形象也是专业度的一部分，她只好忍了。

在十字路口等红绿灯时，苏沫目光空洞地看着前方，眼底藏着小米读不懂的潮湿的情绪。

"小米，你为什么会来上海？"

"啊？等等，怎么突然问这个？"她好像从来没认真地思考过这个问题，硬要搜肠刮肚找理由的话，"我可能是为梦想来的吧，你会不会笑话我？"

"怎么会呢。笑话你，就等于在笑我自己。那你的梦想是什么呢？"苏沫又追着小米问。

"梦想啊？我的梦想是世界和平，人人有肉吃，有汤喝。哈哈哈……"见苏沫还是一脸的忧愁，小米学着她的样子，也扬起脸，目光幽微地看着远方，"如果可以的话，我想当上海滩的金牌策划，在广告圈里激扬文字，指点江山。以后我们两个开公司吧，到时候我来搞品牌策略，你来做视觉设计咋样？不要笑我天真，毕业以后，一谈到'梦想'两个字，连自己都觉得很矫情，要鼓起勇气才能说出口。苏沫，你说，我们是从什么时候开始对谈人生、谈理想感到羞耻的呢？"

"是啊，为什么谈梦想会羞耻呢？可能，我们都变了吧。"

"你想回家吗？"

"嗯，累了，想回去了。"

一个人在陌生的城市里生活，每一次累了，倦了，都迫不及待地想买一张机票逃回家。可是又不甘心就这样回去，如果现在妥协了，那之前所有的努力和坚持真就成了一场笑话。

"我不想回去，我还没自由够呢。"小米安慰苏沫，"你别这样想，我不知道你有多少抱负，也不知道我们以后能不能实现梦想，但我总觉得，只要我们坚持了，结局就会有所不同。再说了，谁说一定要当英雄，当快乐的狗熊也没什么不好呀。"

"嗯，希望吧。希望一切都会有所不同。"

03

苏沫租的房子，位于愚园路上一条不起眼的弄堂里，里面大小弄堂的结构排列十分奇怪，夜里走起来有种诡异的气氛。在曲折绵延、黑漆漆的弄堂里穿梭，很难不让人胡思乱想。

苏沫见小米全身戒备的紧张样子，走近一步牵起了她的手："小米，别怕，这里很安全的。"

苏沫就是太喜欢这条街了，所以即便租金贵得要死，还是咬着牙租了下来。每次下班后，走在这条梧桐掩映的老街里，总有一种与时光捉迷藏的感觉，路过每一栋建筑、每一个门牌号的时候，她都会不由得猜想它背后隐藏的时光和故事。《布尔塞维克》编辑部旧址在这条愚园路上，张爱玲故居位于愚园路与常德路路口不远处，傅雷夫妇也曾住过这条街。

在苏沫的潜意识里，她一直觉得只有住在了这样的地方，回老家的时候才有资格说自己在上海工作，才算在上海生活，走路时腰杆才能硬起来，才能遮盖落魄处境滋养的所有尴尬和自卑，才能把从小看她长大的小卖部阿姨的那一句"你现在了不起了，是上海姑娘了"的调笑当成是真心的赞美。

曾经有邻居把小卖部阿姨开大货车的儿子介绍给她当男朋友，被她一口拒绝了，从此家门口是非不断，说她在外面混了几年眼光就高到天上去了，有什么了不起的，父母连个退休金都没有，以后还不知道谁比

谁强呢。难得回去一趟，她只当自己聋了。所以，哪怕她从骨头缝里省钱，用最便宜的护肤品，牙膏、卫生纸、洗衣液之类的生活用品主要靠信用卡积分兑换，她也要住得体面一些。好像只有这样，每逢佳节被家里催婚时，她留在上海的底气就更足一点。

到后来，别人讽刺她是上海姑娘的话，真成了她的一种理想，就算靠近梦想的脚步太慢了也没关系，她可以等，她愿意等，愿意熬。

气喘吁吁地爬到六楼，最外面的一扇门虚掩着，苏沫带小米推门而入。

进了门，苏沫立刻甩掉了脚上的高跟鞋，低头换鞋的时候，她故意没去看眼前的男人，瞥了几眼水槽里堆着的油腻碗筷，轻轻地皱了皱眉头，似乎对男人的邋遢做派已经习以为常。

房子是两室一厅的格局，目测大概有六十平方米，厨房和卫生间紧紧挨着，空间都比较狭小。

"小米，你先坐会儿，我去给你找干净的拖鞋和睡衣。"苏沫将小米引进一间卧室。

"嗯，我先躺一会儿，脚痛死了。你的床软软的，好舒服啊。"小米四肢张开霸占了一整张床，仰面躺着闭目养神，舒服得下一秒就能睡着，耳朵却不小心听进隔壁房间的动静。

"你今天为什么没去面试？我跟 Elaine 姐磨了很久，才拿到 E 杂志摄影师的机会。"

"不去。"

"为什么？"

"不想去。"

"我争取了那么久才帮你拿到的机会，你一句不想去就完了？"

"苏沫，我不想靠你的关系，你明不明白?! 我不需要这些，E 杂志再有名又怎样？这么商业化的杂志根本不会欣赏我的作品。我要拍的是艺术，不是什么狗屁明星。"

"姜城，你几岁了？你今年刚毕业吗？你什么时候才能把你那股骄傲自负劲儿收起来？你天天在家里躺着睡觉，坐着打游戏，就有神仙大发慈悲给你机会了？就会有人认可你的才华了？你什么都不做，别人凭什么认可你？你什么时候才能长大？每个月几号交房租你知道吗？电费多少钱一度你知道吗？我受够了！"

砰的一声，不知是谁摔门而去了。

小米这才意识到，原来那个男人是苏沫的男朋友。他们吵得有点厉害，要不要出去看看？

04

小米赤脚走出房间，寻了一圈，见苏沫正站在厨房的水槽前洗碗，身体轻微颤抖着。待她走近才发现苏沫在无声无息地哭泣，眼泪像是被硬生生扯断绳子的项链，珠子四处乱窜。小米犹豫着该怎么做，最后笨拙地从背后抱住了苏沫："想哭就哭出声音吧，憋着多难受。"

不知过了多久，苏沫深深吸了口气："小米，你先去洗澡吧。别把你衣服弄脏了，我把碗洗了。"

苏沫再回到房间的时候，气息已经正常，向小米露出了一个无奈的笑脸。

"小米，不好意思啊，你第一次来我家，就让你见这种场面。"

"是我不好意思才对，不小心闯进了你的世界。"

"刚才，你都听见了？他就是姜城，我男朋友，我们在一起七年了。"

"对不起，我不是有意的，我从小耳朵比较尖。"

"没事，也不是什么大不了的事情。从去年年底到现在，我们一直在吵架。他说他不想拍一些愚蠢的照片，不想面对愚蠢的客户，难道我就喜欢？可是我们得先生活呀。家里人一直很反对我们在一起，他们觉得摄影师不是什么正经职业，他连个稳定的收入都没有。只是我一直死磕，他们才拿我没办法。去年，我爸妈终于松口了，说我也不小了，彩礼什么的也无所谓，只盼着我们赶紧结婚，安定下来。可他总说等等，总说这不是他想给我的生活，总说等条件好了再说，可是我还要等多久呢？我已经快三十了，快等不起了。我连现在都快抓不住了，还谈什么将来。我现在对他没什么要求，只是想让他振作一点，踏实一点，先把眼前的路走好，梦想的话，晚一点实现也没有关系，我只想两个人开心地在一起。难道我错了吗？"

"苏苏，你没有错。网上不是说男人至死是少年吗？"

"我感觉这都是借口。男人大都是幼稚鬼，搞艺术的就更作了。他们根本不知道我们女人心里在想什么，想要什么，以为我们只认房子、车子和钱，但他们不明白，有的女人不在乎这些，她只想要一个家，只想要一种相对安定的生活，不用再颠沛流离，漂泊无依。我也知道我们买不起房，我也没让他买房啊，我们结婚以后还是可以租房子住的啊……"

"你有试过跟他坦白你的想法吗？"

"还要怎么说？我们在一起这么多年了，我什么脾气他还不清楚吗？我有时候在想，他是不是不爱了，所以才这样自暴自弃逼我分手。吵架，分手，摔东西，复合……我都不记得这几年折腾过多少次了。我累了，我真的好累啊。"苏沫不知道自己还能撑多久。

半年前，她开始做噩梦，经常梦见自己跟姜城被困在一艘破旧的小船上，四周是烟波浩渺的大海跟漆黑苍茫的夜，看不到灯塔，辨不出方向。她拼了命地往前划，想要找到可以停泊的港口或小岛，而姜城悠哉悠哉地躺在船上，除了看着她，什么也不做。他说天亮了就好了，会有渔船、游轮经过救他们的，与其徒劳无功地划船，倒不如躺下来跟他一起看星星。

海风呼啸，巨浪翻滚，船翻了，他们掉进了海里。她不会游泳，也看不见姜城，拼命挣扎，双脚乱蹬……最后踢到床头柜，痛醒了。

"半夜醒来的我，看见身旁的姜城睡意正浓，常常一个人坐在客厅里，睁着眼等天亮。"

……

那晚她们两个躺在床上聊了很久，很久。聊到小区里景观树伸懒腰，鸟儿开始晨练，白云穿上轻薄的纱衣。

05

小米本以为苏沫和姜城会一直这样爱恨纠缠下去。

直到三个月后一天，刚洗完澡准备睡觉的小米，被一阵急促的门铃声吵醒。苏沫海藻般的栗色长发披散着，手上拎着一个巨大的旅行箱，穿着睡衣，踩着拖鞋就出现在她眼前。

"从现在开始，你要收留我了，我跟姜城分手了，这次是真的……"

"啊？噢。你快进来，想住多久住多久。"小米从震惊中缓过来，问，"你想喝什么，可乐、果汁还是雪碧？"

"给我杯水就行了。"

"你还好吧？怎么这么突然？你现在想说话吗，还是等你缓一缓？"

"我们换件衣服，找家酒吧坐会儿吧。没有酒精，我今晚睡不着。"

"到底发生什么事情了？"

"姜城就是个贱人。七年了，我居然爱一个贱人爱了七年。呵呵，多讽刺。"

他又在打游戏。工作累了一整天，改图改到腱鞘炎又犯了的苏沫，连吵架的精力都没了，只想快点进入睡眠模式。腰那里总觉得有什么硬东西，很硌人，搞得她睡不着。

强忍着睡意爬起来，她在床上翻了半天，找到了一个耳钉，那耳钉绝对不是她的。

"这个耳钉是谁的？"她抓起手边的枕头往姜城的背上砸过去。

"这不是你的吗？反正不是我的。"他表现得很意外。

"我只有银钻和蓝钻的耳钉，你什么时候见我戴过紫色的？"

"噢，下午家里来了一个模特，我帮她拍了一组写真，耳钉可能是她换衣服的时候不小心落下的。回头我问问她还要不要，不要就扔掉了。"

"就这么简单？姜城，你把我当傻子吗？有没有？"

"我不明白你在说什么。"

"我问你有没有……"苏沫死死地盯着姜城，眼睛里的熊熊烈火随时能点燃整栋楼。

而他只是站着，不说话。

啪！复古浮雕玻璃杯碎了。

砰！北欧风的不规则玻璃花瓶碎了。

哐当！她把他的相机砸墙上了。

啪嗒！她把他的临时摄影棚给踢塌了。

等家里能砸的东西都砸得差不多了，苏沫虚脱地蹲在那一片狼藉中，胡乱地捡着地上的碎片，握在掌心里，手掌被划破流血了也不管不顾。

姜城看着那触目惊心的红，心如被铁锤重击，他一把拉起苏沫，紧紧地将她抱在怀里："我错了，我真的错了，苏沫，就这一次，原谅我。我不是故意的，我一时鬼迷心窍了。你别这样，你这个样子我特别害怕……宝贝，我错了，我保证没有下一次了。我们结婚吧，宝贝，我以后……"

苏沫蹲在那里，发疯一样地狂笑，五官扭曲在一起，像笑又像哭，眼睛却干涩得连一滴眼泪都挤不出来，她一定是白天改方案盯电脑屏幕太久了。

"真好笑。姜城，你真贱，不过我比你更贱，我就是犯贱才死心塌地跟着你。我想过一百次你求婚的样子，我们结婚的样子，没有一种像今天这么可笑。"苏沫用力地握住手里的那几块碎玻璃，猩红的血顺着她的手腕滴在地板上。

姜城吓得赶紧去掰她的手心："苏沫，你扎我吧，你扎我吧。"他捡起一块碎玻璃要往自己身上扎。

苏沫用另一只手把它打掉了："姜城，我们分手吧，我累了。你不配为我流血，你太脏了。"

这是她最后一次说分手，这一次，她是认真的。

06

　　小米心疼地看着苏沫手上的伤口，翻箱倒柜地找东西给她包扎。

　　苏沫呆呆地坐在一边，一脸的平静。往事一幕幕如电影般闪现在她的脑海中。

　　姜城第一次跟她表白的时候，买通了女生宿舍楼的宿管阿姨，于是，跟她宿舍平行的那栋楼的墙面上，出现了一排排她的照片，正脸的，侧脸的，在图书馆里的，走在林荫小道的，等等。每一张照片上都用红笔写了一个大大的字，连成一句话：苏沫，我爱你，做我女朋友吧。

　　他们在一起的第二年，姜城在左肩上文了她的名字，说以后他是她的人了，要她负责任，因为以后不会再有别的女人爱他了，没有女人会爱上一个文了别的女人名字的男人。

　　我们在一起的第三个情人节，姜城骗她说家里临时有事，不能提前返校陪她过情人节了。为了赔罪，他在视频时为她弹了两个小时的《卡农》。结果情人节当天，他捧了一大束玫瑰出现在她宿舍楼下，引起了一阵骚动。

　　还有，还有好多，她的脑子根本停不下来。他之前那么爱她，为什么要这样对她？他怎么舍得？

　　她曾经也以为自己会是姜城这匹野马的终结者，可是她错了，她太自以为是了，她根本掌控不了他。

　　半年后，苏沫从广告公司辞职，进了一家民营图书公司当插画师。

后来她再也没有见过姜城，他像在人间蒸发了一样，苏沫也再没回过愚园路的房子。

总以为离别的人会再见，但事实上可能再也见不到了，无论你用什么方式。

她不想知道姜城的消息，所以，没有消息便是最好的消息。

如果离开了她，他过得不好，她会心疼；如果他过得很好，她也会难过，因为在那个更好的世界里，已经没有了她的位置。

07

分手以后，苏沫清理了所有跟姜城在一起的痕迹，情侣装、戒指、照片……她清理了一切，换掉了他们在一起用过的牙膏和沐浴露的牌子。

她开始疯狂地工作、加班，来得比清洁阿姨早，走得比巡逻的物业保安晚。那个不要命的架势吓到了公司里的同事，上卫生间的时候，经常听到有人在背后骂她，骂她卷王，骂她脑子有病。可她不在乎，除了工作，她暂时还找不到更好的自我麻痹方式。

她在公司放了一个大洗漱包，里面水乳、精华、粉底液、口红等，应有尽有。她还下单买了珊瑚绒毛毯和行军床放在办公室里，加班熬夜困极的时候就眯一会儿，眯完了再继续画图。她哪有那么多图可以画，完全为了超负荷运转而超负荷，恨不得一个人干三个人的活儿。

公司里什么都有，进口零食、咖啡、牛奶，她还办了楼下24小时健身房的卡，想洗澡能随时去洗。她甚至时常感叹，住在公司简直太方

便了。

　　这一连串像死士一样不要命的操作，吓得刚从国外留学回来空降的新老板 Kay，连日找她喝咖啡，苦口婆心地相劝。苏沫再这么卷下去，让身为老板的她很有负罪感，毕竟她天天只知道喝酒蹦迪，周会也不出席，更不跟员工一起爆肝工作。

　　Kay 的爸爸是白手起家靠开厂子富起来的浙江人，在她爸乍富的那几年，像国外富了好几代的大家族那样附庸风雅，投资办了这家图书公司。但基本赚不到钱，作为集团的下属公司，充其量是做门面的，没想到这一开也有十几年了。

　　公司不缺钱，家里也不缺钱，又没人敢给她定 KPI，Kay 的想法很简单，业绩过得去就行了。

　　几番苦口婆心、谆谆教导之后，苏沫收敛了不少。最后一个离开办公室的次数虽然变少了，但她提交的选题和画稿依然是公司里面最出色的。从前她浪费了太多时间精力在男人身上，现在她连做梦都在搞事业搞钱，打自己的江山。

　　这晚，Kay 刚身心愉悦地蹦完迪，正准备赶赴第二场时，突然被从天而降的苏沫截住了。被吓到的 Kay 问她想干吗，苏沫见时机差不多了，开诚布公。简单来说，在公司里再这么耗下去，对 Kay 的身价资产不会有一丝一毫的影响，可苏沫不同，就凭她现在每个月挣的那仨瓜俩枣，大概一辈子并预支下辈子的工资都买不起上海偏僻郊区的小房子。她想跟 Kay 来个君子协议，在公司里新开一个新媒体部门，独立运营，模式上她想参照广告公司和互联网公司的市场部，多签一批有潜力的新人画师，用包装艺人的方式包装他们。前期以跨界合作和绘本为主打，后续慢慢孵化自己的 IP，真正做出 IP 来，以后就不用费劲地找甲方讨项目赚钱了，钱会自己找过来的。

苏沫知道，家里做房地产的 Kay 根本瞧不上互联网那一套，所以她酝酿了很久才下定决心找 Kay 谈，特地做了漂亮的策划案存在平板电脑里，就为了逮到机会给她娓娓道来。

拟定签约的新人名单和适合做跨界合作的品牌名单，苏沫也一起准备了："我有信心，这个项目如果做起来的话，公司以后每年的业绩至少翻三倍，如果一年半还没有起色，我引咎辞职。还有就是，以后我的薪资结构希望可以改一改，基本工资不变，但我要拿新项目每年业绩的15%，10% 做部门奖金，5% 我自己拿……"

她见 Kay 似乎若有所思，一直不说话也不打断，底气就没进门时那么足了，音量也不自觉降低了："如果……如果你觉得提成比例不合理的话，我可以再少拿一点。我真的很想把这个项目做出来，我连试水电子杂志的名字都想好了。老板，请你给我个机会！"苏沫很少喊 Kay 老板，很少这么正式地跟 Kay 谈事情。

"你大晚上折腾了半天，就为了这个？"Kay 如释重负，她还以为苏沫要离职呢。只要不辞职就行，她还要靠苏沫管着下面那帮跟她一样自由散漫的"95 后""00 后"呢。"试试也无妨，现在不是流行搞什么新业态，这个项目就算我们公司的新业态试水了。你以后别搞得那么吓人，做得不好就辞职这种话我不想再听。既然做了就全力把它做出来，我相信你，资源和人手我会帮你调。"

第三年的公司财报出奇地好看，Kay 在董事会上破天荒地长了回脸。

08

清明假期，苏沫敲门进入 Kay 的办公室，要多请四天假。

这可真是北外滩写字楼的大新闻，要钱不要命的工作狂居然主动请假了?!

Kay 欢快地吃着瓜："这是要跟谁一起出去呀？是上次加班给你送粥送了一办公室的那个，还是去年圣诞节开车来接你的那个？不对不对，他们好像是同一个人。"

苏沫还没回话，Kay 接着说："我再多给你批两天假吧。哎呀，春天是个热烈的季节嘛。"

"我们去一趟日本，7 天足够啦。好久没休假了，再多玩几天，我会有罪恶感的。"

不能再多请假了，白羽这个粘人精已经够黏人的了，再多请点假，她怕自己被惯坏，从此君王不早朝，无心搞事业了。听起来可能对白羽不公平，谁能想到她从姜城身上学到的最重要的东西是，女人千万别傻到了为了爱情耽误拔剑的速度。无论那个男人口口声声说有多爱你，平常有多宠你，说过多少次我养你，都千万别沉迷!

耳朵享受高潮就可以了，大脑千万别为爱发电，燃烧自己。

"宝宝。"又是风和日丽的一天，白羽又开始了他的日常黏糊糊。

"干吗？"苏沫花了很久才适应这一句腻人的称呼。她享受这个过程，从抗拒到上瘾。

白羽刚开始用宝宝、宝贝这类词汇在线上称呼苏沫的时候，她不由自主地头皮发麻，真的太腻歪了，她有点受不了，回应也是冷冷淡淡的。白羽就撒娇闹小男生脾气，觉得她不在意他，她便安抚说："不同的人看到同样的字眼带入的情绪是不一样的。"谁能想到他紧接着跟上一句："那你也看不到我跟你聊天时上扬的嘴角。"那一刻她心动了，风吹云动天不移，却总有勇者越雷池，拨弄琴弦表心意。之后哪怕再忙，她也会随他一起玩小情侣的幼稚把戏。

"不干吗。"

"你很闲哦，今天店里没什么人是吧？"

"我很忙的，我在帮你研究新的隐藏菜单呢。"

"那你要专心点喽，咖啡王子。不然又要被那些探店网红在点评上乱写了，说咖啡虽然好喝但老板毫无服务意识。"

"随他们写好了，乱写也没用，隐藏菜单只对你开放。"

"对呀，谁让我是你的御用小白鼠呢。"

"怎么，对本少爷的隐藏菜单不满意？"

"恰恰相反，本宫甚是满意。"

白羽反手给她比了个心。

"宝宝。"

"嗯？"

"你在干吗？"

"在开会，正在过下半年的选题策划。"

"知道啦，女总裁好忙哦，过来给我亲一下。"

还在开会的苏沫努力憋笑，立马回了个亲亲的表情，真是拿他没办法。

"宝贝，你几点下班啊？"

"还在开会，今天估计要加会班了。"

"昨天加班，前天也加班，你最近加班有点多呢。我待会去接你吧。"

"知道啦。等忙完了这阵子，我们去旅行吧。我请好假了。"

"真的?！"说完，白羽发了一堆亲亲抱抱举高高的表情过去。

白羽像夏威夷的满格阳光，突然闯进苏沫的生命里。他骑着白马拿着鞭子一路穷追猛打，赶跑了苏沫所有历史遗留的阴霾。

苏沫再次恋爱之后，苏沫、白羽、小米和小米的男友经常一起约会。小米总是拿他们开玩笑，他俩谈恋爱，简直幼稚得要死，两个加在一起五十多岁的人了，在高级西餐厅斗嘴斗到情深处，竟然摇头晃脑、吐舌头、做鬼脸。白羽那家伙就更离谱，连单膝下跪这种丧心病狂的丑事也干得出来，直看得小米和男友鸡皮疙瘩掉一地。好在他俩长得好看，俊男美女如画，赏心悦目。不然小米真有点担心他们被路人甲拍小视频发到网上，给网友当瓜吃。

吐槽归吐槽，小米心里无比地为苏沫开心，她终于走出来了。

说到苏沫和白羽故事的开端，不得不提那个"鸭飞狗跳"的下午。

Tequilia 是一家临街咖啡厅，位于陕西南路附近的一条网红街上，面积狭小，站十个人以上就无处下脚了。为了节约空间，店里只摆放了三套户外露营风的可折叠桌椅，装修也很简单，只胜在咖啡好喝，还允许带宠物，所以每天 11:30 以后的人气一直很旺。加上那附近有三所小学、二十多个小区，日常来消费的除了周边的上班族，还有小区的居民。有很多时髦的爷爷奶奶，接完放学的孙子孙女后，会顺便从店里带一块小蛋糕和两杯咖啡走。

又是一个风和日丽的下午，打完麻将的张奶奶照例一手拉着孙子，一手牵着她每天都要带出来遛两圈的小鸭子——她宝贝孙子的新宠物，站在吧台那里等打包。

他孙子心疼小鸭子，不想它的脖子天天被绳子勒着，就把小鸭子的绳子给解了，任由它在店里大摇大摆地走。

白羽见小朋友玩得开心，客人又没意见，就没干扰。这时，突然有只没拴狗绳的哈士奇冲到店里，冲着小鸭子猛叫，这一狗一鸭在店里打起来了。一时间鸭飞狗跳，尖叫四起，还撞翻了一张小桌子，另外几只猫猫狗狗也凑热闹似的狂叫，要不是主人拉着估计也要加入战斗了。

吧台后面的白羽正准备冲出去阻止混战，有人把平板电脑往他手里一塞，说了声："帮我拿着。"

没等他看清楚她怎么做到的，苏沫已经把狗和鸭子分开，一手拎着哈士奇，另一手把小鸭子还给被吓坏的小朋友。她刚温柔地安慰完小朋友，接着转过身对闻声寻来的狗主人怒目而视："牵狗不拴绳，劝你别做人。"

那人正准备骂回去，高大的白羽挡在了苏沫前面。

苏沫去 Tequilia 的第九次，她跟白羽正式认识了。后来，在店里做咖啡走神的白羽，再回想起那个"鸭飞狗跳"的下午，总觉得那只小鸭子有在跟他疯狂眨眼睛。

一天晚上，白羽告白了。刚加完班，站在路边等车的苏沫只当他发神经，完全没接受的打算。

"我们好像刚认识吧？"

"不，我们认识很久了。"说完白羽看了一眼手上的表，"28 天 9 小

时 21 分 13 秒。"

白羽第五次告白之后，苏沫表示愿意试试看。

白羽第一次告白，昏黄的路灯把他的影子拖成斜斜长长的一条，苏沫正好被罩在他制造的光晕里，那时她就心动了，之后四次的故意拒绝，好像只是为了让眼前的幸福光晕更清晰一点。

09

"哇，好帅啊。"

同事小野尖叫着拿着手机跑过来给她看："苏沫姐，你看这张漫画脸，真的绝了。"

"185 万，粉丝还挺多。"她面无波澜。那张原本帅气的脸庞在惨不忍睹的滤镜下，瘦削得快成骷髅了。不是要当艺术家吗？不是骄傲得要死吗？怎么肯放低身段做直播，出卖色相销售自己了？早干吗去了？

她在心里快意讥讽，讥讽完了却没有丝毫报复的快感。

心上的那个缺口还在，挖不掉，掏不空，好在春风吹又生，有新人拎包住进去了。她又继续吃爱情的苦，嗑爱情的糖，继续在爱海滔滔里日夜沉沦。

"苏沫姐，你是不是最近工作压力太大了，满脑子都是数据？我让你看的是脸，这不比最近那几个强行上热搜的偶像练习生帅多了。我看我们下期主推故事的插图就复刻这张脸吧。"

"插图我没意见，你稿子呢？我月经失调压力大还不是因为你老拖稿！"

小野被嗓门突然直飞云霄的苏沫吓了一跳："姐，你是我亲姐，我写我写，我现在立刻、马上滚回工位写稿。"

后来，她跟白羽在新天地附近的网红店 Mistery 吃冰激凌的时候，隔着玻璃看见他了。他正热火朝天地拍着某个刚上过热搜的女明星，他们身后跟着十几个保安，正用力地推搡着高举着手机拍照的路人。

原来不是滤镜的作用，他真的瘦脱相了，骨头瘦得像百叶窗一样，仿佛风一吹就会哗啦啦乱响。

瘦得让人心疼。她不敢再看，像躲债一样快速阻断眼神相遇的可能。

她不知道，她的侧脸早被锁进了姜城的镜头里。一同锁进镜头里的还有白羽喂她吃冰激凌时，她脸颊上盖不住的甜蜜。甜得腻人，甜得扎眼睛。

她不知道，他先发现了她。

她不知道，他贡献了她们写字楼逃生通道处的大部分烟屁股。

她更不知道，那天下午，姜城用借来的 800 块请了个野模。为了让苏沫找不出破绽，他甚至做戏做了全套，跟野模睡了。

她没必要知道这些，就算知道了又如何？那时候她的爱已经被自己耗尽，她也想提分手了，他只不过用最不体面的方式推了她一把。

他原本以为自己烂泥一样的人生就这样了，可吊诡的是，自从自暴自弃、自毁前程、彻底没底线以后，他竟然挣到钱了，要不怎么说"贱钱眼开"呢。人生第一次银行卡余额出现七位数。他住在静安寺附近最繁华的路段，眼睛不眨地交完了两年的房租，尽管他一个月也住不了几

天。他把愚园路那套房子又租回来了，不住但偶尔回去抽几根烟，喝醉了就躺在地板上将就睡一夜。

他喝起酒来不要命，他的胃越来越糟糕，吃什么山珍海味也吃不出味道。他依然不会做家务，电磁炉、高压锅、烘干机一个都不会用，以前都是苏沫在弄这些。这时，他后悔了。后悔坏事做尽，丑话说绝。左肩上的名字每天晚上火辣辣地疼，像有人在用烧火棍捅他。

他这辈子最爱的女人手上戴着别人买的大钻戒。

太阳底下，他的眼睛快被一对璧人幸福的笑容刺瞎了。

他的前半生真是一场烂笑话。

4

天黑

以后的

马路女与车库男

01

公寓门、地铁门、电梯门，这三扇门每日重复开合，沈翊意识到自己的生命河道在层层挤压下正变得日渐狭窄。

形容生活像一潭死水是极其不严谨的，死水还能随风掀起波澜，她的生活就像脚底下这堆装订成册的复印纸，工工整整，日复一日，直到它们摞起来的高度顶到仓库天花板。而这仓库里久无人烟，偶有莅临，便烟尘四起，霉味扑鼻，张罗起一场令人尴尬的热闹。它们以为被人搬了出去就会看到一片新世界，结果还是被堆在无人在意的角落里。

每次去公共区域碎过期文件的时候，她都想连同自己一起扔进碎纸机里，一了百了。

1天，24小时，1440分钟，她拥有的快乐只有48分49秒。电梯里涂完口红，被时下最流行的口红色号美到的3秒；在心里自言自语今天又要风平浪静"坐牢"的18秒；加完班吐槽老板的28秒；午休在用餐区排队热饭时，试图引起某个有好感对象注意力的3分钟；下班后刻意绕远路回家，偷偷观察路人，偷听路人讲八卦的45分钟。

她试过无数种方法，让工作日的工作时间变得更快一点，用最高的效率把当天该干的活儿干完，剩下的时间全部用来划水。她也试过无数种方法，让下班回家的路变得漫长一点，好把多余的时间消耗掉。比如，有时她会先乘坐与回家方向相反的地铁到终点站，步行半个多小时，找个僻静的公园，藏在夜色里，干坐着发呆；又或者打一辆出租车让司机随便开，看到格调还不错的酒吧就停下来，点两杯酒，在嘈杂的音乐和潮湿的空气里，等多余的情绪蒸发掉了，再一个人打车回家。

她成了传说中的"马路女"——下了班不想立刻回家，却又无事可做，只好四处闲逛消磨时间。

潮湿的雨后，欲望烧得难受，无处排遣又不愿自降身价时，沈翊会找一条网红街，进入疯狂"扫街"模式。

在西餐厅点勃艮第红酒牛肉、法式鹅肝、舒芙蕾；在日式居酒屋点刺身拼盘、麻辣花蛤、梅子酒；在网红面馆点招牌牛蛙面、炸猪排和冰豆奶；在冒菜店点一大盆菜，重辣、重麻，不要香菜、蒜泥。

短时间内连续密集进食，味蕾被麻痹，她体会不到任何咀嚼美食的快乐。大量的食物在她胃里堆积到离喉咙只有几寸的位置，她开始反胃，每次都非要吃到快吐了才肯停下来。

她有慢性浅表性胃炎，医生早就叮嘱她要好好地养胃，可她根本听不进去，她享受这种半自虐式的快感，每次催吐催到眼泪出来，她才觉得身心舒爽。胃塞满又排空，排空又塞满，空荡荡的心脏就没那么引人注意了。净身高 166 厘米的她，最瘦的时候体重只有 82 斤，台风来临的日子里，她走起路来仿佛能听到自己皮肤下面骨架晃动的声音。

她总归需要一些东西填补那些缝隙，既然挑来挑去总挑不到满意的，索性先用食物顶上，这既不违背她的价值观，也不破坏她世界里的生态平衡。

夜里又睡不着，沈翊跟远在波士顿留学读研的高中同学西子，在微信上有一搭没一搭地聊天，西子一顿伤春悲秋地语音输出："我好想谈恋爱啊，到哪里去找男人啊……"

西子刚到波士顿那会儿，好心带她熟悉环境的当地华人学姐就曾告诫过她，不要轻易跟老外有眼神交流，一旦有了，他们就会认为你想睡他，搞得她在学校里一度不知道如何把握社交分寸。等她终于懂得如何跟各种文化背景的男人在派对上斡旋的时候，身边的帅哥又早被胆子大的女孩抢光了，最后她只能寄希望于虚幻的网络世界。

"唉，你说我们为什么都没有男朋友啊，我们真的太惨了……"

"是啊，太惨了。"此时正在厨房煮泡面的沈翊心不在焉地打字附和。她不太喜欢发语音，与人聊天，回文字一切都有转圜，可语音太容易暴露一个人的真实情绪了。

刚开始她想回，谈什么恋爱啊，是一个人的电影不好看、一个人的火锅不好吃、一个人到处浪不开心吗？可这些鬼话连她自己都不信。不是不可以一个人，而是哪怕很擅长独处的一个人偶尔也想要两个人，你总有分享欲爆棚的瞬间，可一转身，身旁却没有可以说话的人，那种感觉挺失落的，话顶到了嗓子眼，又得硬生生咽下去。

"我们长得也不丑，长相、身材、学历也都拿得出手，怎么就没遇到个像样的男人呢？"隔着大西洋，沈翊都感受到了西子浓稠的幽怨。

"对了，我跟你更新没，隔壁 B716 的帅哥搬走了，我连他的名字都还不知道。早知道他们公司搬得那么快，应该胆子大一点跟他要微信的。"沈翊打出这段话以后又全部删掉了，不能改变结局的事情好像也没什么讨论的必要了。总是四目相对又如何，看起来对你充满好奇，特地跑过来跟你说要搬走了又能怎样，他又没主动要你的微信，何必自作多情呢？想到这里，她重新顺着西子的思路聊："那你有试过约个网友吗？"

"我不敢，不安全。我一个人在这边，人生地不熟的，最多在网上瞎撩，玩玩暧昧，要是有人想动真格要见面，我立马卸载软件玩消失……"

她俩聊完，沈翊忽然觉得跟陌生人聊天打发时间也不错，她不像同事们那样有精力养猫养狗，但网红和网友不都是当代人另一种意义上的"电子宠物"和"云榨菜"吗？

02

隔了几天，沈翊受去北京出差的同事 Stella 之托，去她家帮忙喂金鱼。

Stella 一个人住公寓，出差前把钥匙放在了地毯下面，那个凸起的小鼓包很难不让人怀疑下面藏着什么东西。沈翊很轻松就拿到钥匙，开了门，她开门之前站在楼道里快速向左向右张望了一下，装出一副怕被邻居注意到的样子，很享受做贼般的刺激。

晚上十点半，她故意不开客厅的灯，任鱼缸底部泛着一层幽蓝诡异的光。

"好吃吗？再多给你们一点？"

"一辈子只能待在这一方小小的鱼缸里，真是一群小可怜。其实我跟你们也差不多，你们活在小小的鱼缸里，我也只是生活在一个更大的鱼缸里而已。"

"我听说，人跟动物对时间的感知是不一样的。很多动物都感知不到日升月落，如果你们感知到的时间比人类慢得多，时间对你们来说只是无穷无尽的漆黑，日子岂不是很难熬？"

她想，当一条困在鱼缸里的金鱼并不可怕，可怕的是，你意识到你只是区区一条金鱼而已；可怕的是，有一天你发现你和别的鱼也没什么

不同，难逃宿命；可怕的是，你已经意识到你是鱼缸里的金鱼，你跟别的鱼一样难逃宿命，准备很超脱地接受命运的安排时，你依然不快乐，一丁点都快乐不起来。

很多人都听过这样的故事，金鱼的记忆只有七秒，七秒之后它什么都不记得了，一切都成了新的，它一直活在崭新的世界里，没有任何烦恼。可惜这是个伪童话，金鱼的记忆能长达一到三个月。如果她也能变成一条鱼的话，她只想当一条痴痴呆呆的鱼，一条记忆力很短很短的鱼，一条每天都开开心心的鱼。

她对着鱼缸里的鱼絮絮叨叨了半天，没能得到任何期待的回应，也没能激发什么高级灵感和顿悟。

它们似乎并没那么饿，Stella 白担心了。

隔天在西子的指点下，她也下载了几个交友软件。从信息土壤里长出来的这一代，对软件适应极快，所有软件的开发逻辑也越来越趋同，都在强调即时性，强调匹配效率。她很快掌握秘诀，沉迷于交友软件上虚幻放荡的快乐。

她为自己捏造了无数种人设，整日无所事事的富二代、清纯的女大学生、网红博主、住家家教、保洁阿姨，等等。凭借鬼斧神工的修图技术，她一张本人的照片都没用过，就轻松俘获了几千关注和十几万点赞，点赞、喜欢越多，她的心就越麻木、下沉。

她清楚这些都是工业糖精、精神毒品，可她内心鄙夷的同时手指继续上瘾。

唯一一次被戳破社交面具是她假装自己是35岁离异带娃的单亲妈妈，谁承想一个声称自己是大学生的男生轩仔还越聊越起劲，竟跟她交流起育儿经验，问她家小朋友作业多不多。大部分男人根本不会聊这类话题，只会快速推进聊天尺度，往见面方向发展。

　　最后沈翊只好缴械投降，承认自己撒谎了。她哪里养过孩子啊，怎么可能在语音聊天快问快答环节答得出，冲牛奶的水温多少度合适，牛奶和水的比例应该是多少，哪个牌子的儿童纸尿片好用这些问题。

　　"我早知道你撒谎。"男生回了个很得意的奥特曼表情包。

　　"知道我在编故事，你还天天跟我聊，看来你很闲啊。"沈翊回敬道。

　　"男大学生真的很无聊，我不想上网课，也不喜欢打游戏。"

　　"那你是挺无聊的，你没什么兴趣爱好吗？打篮球、玩滑板之类的？"

　　"没有。"

　　"你可以出去玩啊。"她说。

　　"没钱。"他很诚实地回答，"打字太慢了，我们语音吧。"

　　"也行。"

　　"姐姐，其实我喜欢你呀，我喜欢跟你聊天。"开头迎来这么一句，倒是沈翊未曾想到的剧情。

　　"你这种表白很没有创意。"

　　"那怎么样才算有创意，你告诉我，我学一下？我学东西很快的，真的，不骗你。"他似乎被激起了某种胜负欲，"那你喜欢什么？"

　　"我喜欢地上的布莱德湖，"她停顿了一下，"还有天上的月亮。"

　　"布莱德湖，斯洛文尼亚最著名的湖泊，被称为冰湖，它是由阿尔卑斯山脉的冰川地质移动形成的。"他不假思索地接道。

　　"没想到你地理还不错。"她还以为那里很冷门，看来是她孤陋寡闻了。

　　"那当然，我化学也很好……"轩仔仿佛是一个对夸奖很受用的人。

有那么一瞬间，沈翎觉得没那么虚无了，好像离真实更近了一点，尽管这种真实仍像悬崖边上的玻璃鱼缸，阳光路过，大发慈悲照进去的时候五色斑斓，形成一道流动的彩虹，可任何一阵风来，它都可能跌入悬崖，摔成碎片。

突然另一个声音传过来："仔仔，你作业写完了吗？跟谁打语音呢？"

这一年，轩仔刚开始读五年级，他下了个变声器软件，不想写作业又很无聊的时候，会用手机偷偷打游戏、玩社交软件。

谁敢相信她真被用小天才电话手表的小学生给忽悠了?!

她做人真的太失败了，她应该换个软件玩了。

03

1 天，24 小时，1440 分钟，他最自在的只有下班后在小区车库里偷来的那 35 分钟。

"禾城那个臭小子现在混得不错，在大公司当领导，又在大城市安了家，有房有车，还娶了个漂亮老婆。"这似乎是那些没考上大学的老同学眼中的他，语气鄙夷但心里羡慕。

当年妻子嫁给他，老丈人没开口向他家要一分钱彩礼，前提是他必须在上海买婚房，房本上写他们夫妻两人的名字，这倒也算通情达理。可自从结完婚，每月背负几万块车贷房贷的压力后，幸福指数从抛物线的顶点往下骤降。

他长得也算清秀，因为害怕被人说中年油腻，所以他每周坚持健身三次，晚餐几乎不吃任何碳水，除非在公司里加班。参加老同学聚会时，听到当年的初恋情人夸他"你好像都没怎么变"，他心里没有窃喜是不可能的。一切似乎都在往好的方向发展，只是他没想到有朝一日自己也会沦落成网络上热议的"车库男"——下了班不回家，宁愿躲在车库里抽烟、睡觉、玩手机。

他说不上来原因，只是每次在车里吞云吐雾的时候，地下车库里总回荡着大学时代睡在上铺的哥们愤世嫉俗的话音："兄弟，你可别想不开啊，婚姻是个黑洞，不论你娶了什么样的女人，最后都会把你吃干抹净的。"

当时他还处在热恋中，动了结婚的念头，还第一时间兴高采烈地跟宿舍里的兄弟分享。那时他简直天天想把她藏起来，不像现在……

不记得这是今晚的第几根烟了，烟盒又空了，他又下单买了几条烟。

他喜欢紧凑的日程表，喜欢每天被工作填满，男人能忙起来是好事，不然一身精力没地方消磨也是种麻烦。

不忙的日子里，到家差不多八点钟，妻子往往在沙发上玩平板电脑。她已经一年多没上班了，平常也就在家做做家务，看看电视剧，在生活无趣这点上，他们夫妻倒是如出一辙。他平常在家也就打打游戏，翻翻财经类的书。当初刚搬进这套房子的时候，沙发上还有很多他们温存的记忆，现在两个人再挤一张沙发，谁都嫌另一个人多余。项目上忙得厉害的时候，他回到小区都凌晨了，但他还要在车里抽一两根烟才上楼，到家花几分钟冲个澡，倒头就睡。

男人工作一累，就没心思想别的，逻辑上很合理。白天被工作拼命压榨，晚上就算冷落了老婆也能理直气壮。最烦的是工作日不忙，下班太早了，根本没事干。

今年以来，在驾驶座上吞云吐雾的时候，他总觉得抽的不是烟，是他衰败生活的灰烬。他发现他的婚姻正变得与周围所有人没什么不同，不过是计算感情投入和物质成本后的利益联盟，打开门扮演一对恩爱美满的夫妻，关上门将就妥协彼此忍耐。

他所在的互联网行业，这几年发展很快，薪资的平均水平远高于传统行业，钱拿得多，加班自然也多，现在挣来的这一切不过都是拿命换来的。什么互联网新贵、城市中产，说难听点，他们这些人也不过是一堆"高级耗材"罢了。

不过，这种难得的清醒并不妨碍他对当下成功的满意。

996、007的工作制和所谓的"狼性文化"，一边在打工人那里骇人听闻，一边引得老板们和管理层拍手称快。他在的公司还比较有人性，加班没有多到遍地哀号，不至于让人抛妻弃子，天天睡公司的行军床。

公司里的几个中层，老婆都看得紧，就算忙着开拓新的业务线，偶尔需要在外面陪着大老板应酬，也都老实得很，个个先跟家里视频打卡报备。年轻一点的"95"后，大部分还沉迷在酒吧夜店，倒没这些烦恼。

老婆是他大二时交的女朋友，两人感情一直很稳定，毕业没几年就在双方家长的催促下匆忙领证了。当年为了凑首付，家里亲戚的钱几乎借遍了。今年是他们结婚第十年，锡婚还是丝婚来着，他记不清了，结婚纪念日老婆要礼物时提过一次。

老婆不算漂亮，但胜在气质安静，通情达理，很少管他工作上的事情，日常报备也没制定什么硬性要求。"妻管严"的互联网模范老公圈子，他融不进去，像小年轻们一样整日潇洒玩乐，他身体又吃不消。总之，他被夹在两扇门的中间，进退两难。

04

闲聊了两个月以后，他们见面了。

第一次出去，两个人都没经验，很拘谨。像赴一场被长辈盲目安排的相亲局，用一问一答认识彼此。磕磕巴巴的问答游戏打破尴尬后，禾城问沈翊想去哪儿，沈翊歪着头想了半天，回了一句"随便"，说完又立刻补充了一句"有风的地方吧，我想吹吹风"。

禾城结婚以后，很少去外面玩，以前经常在一起玩的兄弟很多也都离开上海去别处发展了。他不知道哪里能吹风，就把车窗打开，在交通法规允许的范围内用最快的速度开着车。

路过新天地附近一段小岔路时，眼尖的沈翊瞥到马路边有个举着几只彩灯氢气球的小男孩，她没说话，眼睛一直盯着窗外。

禾城找了个不会被贴罚单的位置，临时停了车，带着沈翊去买气球。他走到小男孩面前，也没问价格，直接掏出两百块给了小男孩："你把这些都给我吧。"

小男孩眼里划过一道雀跃的光，可生活过早地教给他的成熟让他不敢在脸上显露情绪，接过钱却没立马把气球给禾城："叔叔，一只气球25块，这里有15个。"

禾城知道上当了，这时候再砍价会显得他很掉价，只好又掏出两百块给男孩。这下好了，几包烟钱没了，他忍着心疼，假装豪气地说了句"不用找了"，转身将一把色彩斑斓的气球都递给了沈翊。

"谢谢。"沈翊淡淡说完，禾城像小孩子被表扬一样笑了。

她接过气球后，开始对眼前这个陌生的男人有了几个标点符号那么多

的好感，不为别的，只因他这个自称心如枯木、玩不来浪漫的中年男人还愿意玩这种无聊的小把戏讨好她。女人向来对于被讨好这件事很受用，哪怕对对方并没什么好感，也愿意被他讨好一下。要不古人怎么说，烈女怕缠郎呢，可见前人有先见之明也没用，后来人该犯的错一个也少不了。

之后他们并排散步，路过一排又一排梧桐树。

"可惜气球不让上地铁。"

她知道这个是因为曾有人送过她这种气球，那人抠抠搜搜地只买了一个，可那唯一的一个她曾视若珍宝，约完会放在宿舍里，用透明胶布贴在了上下铺的床沿上，一直放到它漏气瘪掉，才依依不舍地扔了。

"我待会开车送你回家。"他继续表现体贴。

"氢气球在密闭的环境里容易爆炸。"她一说完，禾城脸上露出了紧张的神色。她故意逗他的，男人认真窘迫的样子还是有点可爱的。

取车子的路上，沈翊把气球随机送给了迎面路过的路人，这个过程比她收到气球的瞬间快乐多了。她忽然有点理解那些富豪、明星们为什么喜欢做慈善了，不完全是作秀，绰绰有余的给予确实让人快乐。她如果是个有钱人，一定也很乐善好施，可惜她只是个普通的打工人，每月辛苦21.5天，也不过挣个仨瓜俩枣刚够吃喝。

第一次过夜之后，他们如偷尝禁果难以自持的情侣，每天都发信息腻腻歪歪。有时日常问候交换心事，有时沈翊故意发一些露骨的信息勾引禾城，撩拨得他心痒难耐。

他们经常偷偷约会，不分昼夜地做爱。新鲜肉体的摩擦产生了浓烈的炙热，可偷来的欢愉像香薰蜡烛一样，很快就点完了，一切又回归庸常。从事后像爱得死去活来的情侣一样紧紧相拥，恨不得用肌肤贴合诠释浓浓爱欲，到两具疲惫的肉体以楚河汉界的形式横陈床上，从新鲜、刺激、沉迷到厌倦，他们只用了不到两个月。

禾城揽着沈翊的盈盈细腰在酒店大堂办理入住时，迎面撞见了某个前同事，他吓得立马把不老实的右手放了下来。刚准备扯谎解释点什么，那人却抛给他一个类似"哥们明白"的眼神。噢，前同事搂着的似乎也不是情人节在朋友圈里大秀恩爱的正牌女友。

禾城没想到大家一本正经的社交面具下都隐藏着混乱与放荡，他心里宽慰了许多。家缠万贯、妻妾成群大抵是每个男人的朴素梦想，可惜客观条件不允许，所以他们只能在梦里想一想。可人一旦起心动念了，就会有下文，他们都想做点以前没做过的刺激事打破庸常，可最后做的又恰恰是最俗套的事情——出轨、偷情、沉迷肉欲。

陷在自己思绪里的禾城没能捕捉到沈翊眼里的几丝惊讶。对面被搂着的人也被沈翊打量得不自在起来。那女孩她在不久前的脱单交友局上见过一次，看来大家都寂寞，寂寞得不安分。

沈翊以为她算性子野、胆子大的，敢在游戏里面赌真情，原来她只不过是庸俗，跟任何其他人一样庸俗无趣罢了。

这样的俗不可耐被戳破以后，床上缠绵的游戏再也不好玩了。

他们删了彼此的微信，决定不再联系。

05

这段不光彩的插曲过后没多久，沈翊辞了职，她受不了复印纸一样的庸碌诅咒。她想当一个建筑工人，踏平一切庸常，重新建桥修路，迈向

新时代。

她报了雅思班、舞蹈班，办了健身卡，也迷上了烹饪，一有时间就在家里研究各国菜系，每个周末学一个新菜式，法式红酒牛排、意大利面、西班牙海鲜烩饭、泰式冬阴功汤、日式寿喜锅，这些她都一一尝试了。

几个常年玩摄影的朋友在被她的厨艺俘虏之后，一致建议她当个美食博主，她高兴地采纳了，扬言要在平台上半年涨粉一百万。

生活被细碎的烟火和催人奋进的目标填满以后，如眼前加了迷迭香的煎牛排一样，有滋有味，有情调起来。她不再怀疑自己，怀疑人生，自暴自弃，也不着急谈恋爱了。有缘的人总会在路上遇见，没缘分就算住同一栋公寓楼对门，十年也碰不到一次。

至于禾城，他跟同小区另外几个爱抽烟的"车库男"，在与自家小区隔了两条街的一个老破小区里合租了一间房，房子在一楼，他们把它改成了乒乓球室，没事就聚在一起喝酒、吹牛、打乒乓球，日子忽然逍遥起来。

不知道是短暂的迷失更能让人珍惜拥有，还是对另一半的愧疚的确是维系感情的方式之一，他对老婆比以前更好了，他似乎又找回了当初热恋期那种小鹿乱撞的感觉。

他们不再总宅在家里相看两厌了，他每隔一段时间就给老婆制造点小惊喜。周末他们会开车去周边城市玩，体验一下网友口中流行的 gap day①，去苏州听评弹，去扬州体验"非遗级别搓澡"，去嘉兴露营，去

---

① gap day，意思为"间隔日"，指在忙碌中抽出一两天的时间用来放空自己，在年轻人中很流行。

千岛湖吃胖头鱼，去景德镇做陶瓷。

还有一个天大的好消息，他老婆终于怀孕了，他也快当爸爸了。他不再是同事口中那个爱躲老婆的加班狂人了，下了班就火速往家赶。

生活没那么好，也没那么糟，生活只是按照惯性继续着。繁华的都市，暧昧的夜色，无意间滋养着很多"速食爱情"，准确点说，滋养着无数种"肉体的短暂欢愉，寂寞的一时消遣"。

来得越快的热情和热烈，消散起来也越快。肉欲解不了爱的渴，人不能用一种虚无去填补另一种虚无。

06

时间又往前滚动了一两年，沈翊收到一条微信好友申请，她一看是陌生头像就没加。

可这人不屈不挠，好友申请发到第五条的时候，连成了完整的句子："我想吃襄阳南路那家排骨年糕了。"

果真是他。

她本不想搭理，不想历史倒退，生活好不容易重新太平起来。可出于某种她讲不上来的诡异心理，她又通过了，或许她想看看这个人究竟要干吗。现在都知道微信用小号了，想必过去这段时间他并没有真的改邪归正。

"你有病吧！"

"你怎么知道我有病？"

"神经病。你想干吗？"

"不干吗，想你了。"

这种鬼话沈翊怎么可能会信，这句"想你"连主语都不敢带上。

"滚。"

"别闹，你住哪儿？朋友送了我一箱挪威三文鱼，我给你送过去，你以前不是喜欢？"

以前？男人真的很爱说以前。可是在后来的女人那里，所有的以前都听起来很讽刺。

"不用了，我现在不爱吃三文鱼了。"

"那你想吃什么，我给你打包送过去。"

"禾城，你以前脸皮没这么厚的。"

"人都是会变的，你以前对我也没这么凶啊。"

"你也知道人都会变的。"

禾城不接这个话茬，步步紧逼："到底住哪儿？我过来找你。"

……

他们又退回到了当初的生涩鬼祟，再度途经了酒店前台探究的眼神，趁着夜色不知羞耻地纠缠在一起。

事后沈翊把一切怪罪于三文鱼，仿佛这能让她好受一点，可就连垃圾桶里残余的难吃外卖都看穿了她这是在自欺欺人。三文鱼又没有长腿走路，三文鱼又不会脱人衣服，三文鱼又不会跟人旧情复燃。

等她翻看禾城的朋友圈，看到他不久前刚晒过的和女儿的甜蜜合影后，她又开始不可遏制地精神性恶心了。照片上小心翼翼抱着女儿的男人，对着镜头爽朗大笑的男人，怎么看都像一个将女儿视若珍宝的模范父亲。他从来没晒过老婆的照片，她翻到拇指和食指都酸痛了，愣是一张都没找到。不知为什么，沈翊一直有个偏激的判断，只在朋友圈晒孩子却从来不晒老婆的男人，对另一半多少有些晦暗心思，老婆在这类男人心里兴许是不值得被拿上台面展示的，只适合在灶台、厅堂里任劳任怨。糟糠之妻不得见人似乎是他们的共识。

可就算这些阴暗判断属实又能怎样？能让她心里好受一点、快乐一点吗？

偷情一点都不刺激、不快乐，偷情的人不配。

她跟禾城之间的情爱欢愉也并非全然虚妄，尽是肉欲，可它更像肉末般的爱，廉价易得，撒入生活的高汤里以后就再难以打捞，饥肠辘辘又馋肉馋得心慌的人只能急得持勺兴叹。

把淋浴开到最大假装还在洗澡的她，赤身裸体、披头散发蹲在浴室的角落里。她用右手握拳用力地砸向自己的太阳穴，可砸太阳穴没什么用，她此刻更需要一个钢丝球，狠狠搓掉身上一层皮，洗净皮肤上他残存的痕迹和所有污浊的气息。

从很多个瞬间，她发现他不爱她，她多蠢多天真啊，他给她的爱比莎士比亚笔下的葛朗台还要吝啬。自他们第一次过夜后，他几乎没安排过上床以外的节目，他们没有去商场吃饭、看电影那样的情侣日常，没有去长风海洋世界看过鲨鱼，没有去共青森林公园露过营，没有一起散步看过徐汇滨江的落日西沉。

在她的抗议下，他们去看了唯一一次电影，他订了家私人影院，讨好般地选了她提过几次的法国爱情片《两小无猜》，后来被证明也只是为了让他爱的午夜节目快点到来的前戏。他搂着她躺在沙发上，她的眼睛紧紧盯着投影上的画面，他的手很快不老实起来。

就连他说想她的时间，事后复盘聊天记录，也多半是天台抽烟的工作疲惫间歇，他说的想念也总与扒开她的衣服有关。

她分享给他的情侣约会打卡推荐帖，他看过就忘记，不过脑子也不走心。他所有的手段都不高明，只恨她发现得太晚了……

还没结过婚的女孩，怎么能看得清这些男人的真实面目。这些男人太擅长掌控她们了，把她们吃干抹净之后，还要在床上嗔怪一句"你太诱人了，我怎么把持得住"。再不然就是在跟别的油腻中年男人喝酒吹牛时，假装不经意地带出来一句"兄弟你不懂，送上门的我也推不掉啊"。

可她自己呢？纵使他卑劣，她也没多清白，被寂寞沉湖惩罚的灰暗时间里，她连岸上伸过来的欲望的尖刀都敢握，一点点温柔和关心就乱了她的心。

好在她留了一手，没让禾城知道她新家的地址，不然不知道两人又要纠缠多久。

趁着禾城去洗澡，她迅速穿好衣服，拎着高跟鞋，仓皇而逃。等上了出租车，酒店在后视镜里远远倒退，直到成为黑夜里的一个小光圈后，她才松了一口气。

她把禾城的微信再一次删除拉黑，永久删除拉黑。

末了，她发了一条仅对自己可见的朋友圈："众所周知，狗改不了吃屎。"

如果可以，她想谈正常的恋爱，光明正大地卖弄风情，跟喜欢的人在外白渡桥上散步，在浦东美术馆前看落日晚霞和对岸的璀璨灯火，在太阳底下牵手、接吻，旁若无人。

这个冬天的上海异常干燥，进入11月后连续二十多天没落下一滴雨水。她的嘴角起了泡，嘴唇干得起了皮，可她心里的雪却下了一层又一层。

城市的繁华继续流淌如蜜。可惜最好的年华里，无良人与她共黄昏，无人为她把酒温。

再见，

我亲爱的

皮格马利翁

01

"枫渔，你还不知道我之前为什么追乌雅姿——"林哲的人和声音一起没分寸地闯进来。

20 分钟后订婚宴就正式开始了，正在化妆间整理妆发和心情的江枫渔完全没料到林哲会突然出现，还蹦出这么句话。幸好化妆师算是她的朋友，不然让致宇那家伙知道，醋罐子又要掀翻了，上次他就趁她不注意把林哲给拉黑了。

她转过头对化妆师说："要不我自己弄吧，你帮我看下外面人到齐了没？"

"嗯。"会意的化妆师把化妆箱往枫渔面前一摆，向门外走去，还贴心地把门也关紧了。

乌雅姿？我都要订婚了，还不能摆脱你的阴影吗？

突然出现的林哲，触达了枫渔大脑里的播放键，那些刻意封存的耿耿于怀的纪录片，以每秒 24 帧到 48 帧的节奏播放，每一帧上都雕刻着她的岁月蹉跎。

乌雅姿 2018 年的生日，是枫渔帮她一手策划的，她并不知情，知道了也不会领情。

外滩那边罗斯福餐厅最好的江景景观位是枫渔打电话预订的，花是她精心挑选的，12 支蓝白双色玫瑰，寓意"我把天空送给你"。没错，那是她一直没机会对林哲说出口的话。送给乌雅姿的礼物，是她陪着林哲去商场挑的，就连用蒂芙尼蓝的氢气球拴着礼物包装盒，藏在汽车后备厢里的烂主意，都是她出的。这些套路烂俗但好用，每逢重要的节日、纪念日，再冷漠粗糙的女人也不会排斥烂俗的仪式感，何况乌雅姿本就喜欢高高在上地俯瞰男人为她挖空心思的模样。

谁让她是 24 小时在线的小助理呢。GK 用合法的条款和五位数的月薪买断了她工作日里的 8 个小时，可每天剩下的 16 个小时，是她自己没骨气，心甘情愿地任由林哲差遣。

乌雅姿感冒那次，头晕嗓子疼，整个人瘫软在床上，虽然发不出大小姐脾气，但还使大小姐性子，怎么都不肯去看医生，惹得还在国外出差的林哲心急如焚。他便让枫渔跑了一趟公司附近的药店，因为不确定乌雅姿的药物过敏史，便让她把所有跟感冒发烧相关的药都买了，整整有小半箱。药到了，林哲还亲自打跨洋视频电话，拉着他在新加坡学医的弟弟一起，隔着山川湖海比画，让枫渔把所有药的照片挨个拍给他，确认乌雅姿该吃什么药。

还有一次，乌雅姿突发奇想想把她家的两只英国短毛猫——可乐和雪碧捧成网红喵，林哲便让枫渔做一份策划给乌雅姿参考。她很实诚地做了一份 65 页的调研报告和一份 35 页的网红 CP 喵孵化方案，她甚至连拍摄和修片团队都找好询了价。可枫渔哼哧哼哧做完的文件刚发出去没多久，乌雅姿一个电话打到林哲那里，说改主意了，不想玩了，没意思。

最让人气愤的莫过于 2019 年的圣诞节。

林哲刚出差回来，买了礼物准备给乌雅姿一个惊喜，结果开车到她家楼下才发现，那里还站着三个别的绅士，也在一楼排队送礼物。林哲这才反应过来，乌雅姿钓鱼养鱼的耐心，比任何一个人都要好。

他气得把盒子往车子后排一扔，隔天开完会，顺手送给了枫渔，借口说她最近跟的几个案子，客户都很满意，这是给她的奖励。看包装和 logo，枫渔怎么会猜不出来是个大牌包，不用拍照识图也知道那个包价值

不菲。可乌雅姿不要的东西，凭什么她就得接受呢？拿出去卖了吧，好像又有点辜负林哲的"心意"，最后那个包被她扔在了家里衣柜的最上层，她从来没用过。

枫渔从 GK 离职后三个月，打算对林哲告白。那次，她欲言又止地铺垫了半小时，没等到她说重点，乌雅姿一顿夺命连环 call，硬是把林哲给招走了。事后枫渔打听才知道，乌雅姿要把她刚从国外回来的闺蜜 Kay 介绍给林哲。

她不想要的，她扔掉的，也不让别人得到吗？

长得漂亮的姑娘，就这么自私霸道，随便怎么任性都可以吗？

枫渔不知道，她从来没有过那种体验。即便后来找到适合自己妆容和穿搭风格的她，总被陌生人用追随的眼神赞美，也经常被男生搭讪要微信，但她似乎一直不懂得如何驾驭自己的美貌，不会玩弄他人的殷勤。有时她也会发自内心地欣赏、佩服乌雅姿，她怎么可以那么迷人，怎么可以那么任性又自如，怎么可以连糟践别人真心的时候都理直气壮，让那么多优秀的男人像小脑萎缩的情场智障般甘愿围着她团团转？

她不要那么多，只要林哲一个就够了啊。

林哲 32 岁生日那天，举办了一场派对，那时她离开 GK 已经八个月。派对上人多嘴杂，见到以往曾一同熬夜加班、努力奋战的老同事，免不了一番叙旧寒暄，可那天的她一心只想跟林哲单独相处。没了领导这层身份障碍，他们终于能平等对话了。她特地编了个理由没去林哲的庆生派对，而是带着礼物在他家小区楼下等着。她知道林哲对酒精过敏，生日派对不会闹到很晚结束。

她特地做了一个很可爱的钢铁侠蛋糕。漫威系列里，林哲最喜欢钢铁侠，为此办公室里摆了一个等比例的钢铁侠，这些她一直都记得。

她想给他一个惊喜，顺便告白，一诉衷肠。

如她所愿，她终于等到了林哲的车，也等到了从车上先后下来的林哲和乌雅姿。她甚至等到了林哲和乌雅姿在小区暧昧路灯下的接吻，眼睁睁地看着乌雅姿踮起脚尖，吻上了林哲的唇。

他们不是分手很久了吗？怎么又在一起了？

刚才林哲有拒绝吗？还是沉醉在乌雅姿的热吻里？

好像有两根针扎进了她的双眼，她不敢再看了，不敢看得太清楚。

停，不要再放了，我头好痛。她像是在对身体里的另一个灵魂说。

也是在那晚，惊慌失措的枫渔把蛋糕摔在了地上，一向万众瞩目的钢铁侠以无比凄惨的姿势摔在地面上。旁边草丛里蹿出几只小野猫，它们先后舔了几口蛋糕，又一个个撅着屁股趾高气扬地走掉了。

很难吃吗？连流浪猫都嫌弃她做的蛋糕吗？

她失魂落魄地蹲在地上，伸出一根手指戳进蛋糕里，挖了一大口准备往嘴里送。

"嗤——"，耳边传来一阵剧烈的急刹车声。不知从哪里冒出来一辆正在倒车的车，差点儿撞上她，而她就差整个人扑倒在一片狼藉的蛋糕上了。紧接着，熄火声、脚步声、一连串的关心，一同撞进她的耳朵里。

"你没事吧？刚才有没有撞到你？我送你去医院？"

那人见她不说话，轻轻地把她拉起来，又掏出了一块藏青色格纹手帕，给她擦手臂上和裙角沾上的奶油。

"没事，是我自己不小心。"她用悲伤又抱歉的眼神看了一眼来人。

那是她和方致宇第一次见面，在她人生最落魄的一个晚上。

林哲和乌雅姿接吻的侧影。偷拍，单纯多次曝光。

满地狼藉的奶油和一身狼狈的钢铁侠。特写，单色滤镜。

拍摄设备：枫渔 5.1 系统相机。

拍摄时间：2022 年 11 月 21 日。

02

"我们在 W 酒店跟人谈合作那次，乌雅姿先我们几步走出电梯，你嘀咕了一句，乌雅姿很不错啊，长发飘飘，大长腿，气质也好，她是不是你喜欢的类型？"

"因为这个，你去追了乌雅姿？我给了你灵感？"

"算是吧，那之前没考虑过乌雅姿，只把她当我们御用的双语主持人……"

"你跑到这里就是为了说这个？"

"你不明白吗？"

"我不明白……"

"你还记得皮格马利翁的故事吗？"

"什么？"他的话让枫渔更搞不清楚状况了。

"皮格马利翁是希腊神话中的塞浦路斯国王，他非常擅长雕刻，刻什么东西都活灵活现，栩栩如生。但他有个原则，从来不雕刻女人，他不喜欢塞浦路斯的凡间女子，认为没人配得上他，决定终身不娶。突然有一天，他做了一个梦，梦里的奇异瑰丽是他从来没有体验过的……"

"林哲，你到底想说什么？我没时间了，外面一堆客人等着……"

"你听我说完！"林哲的语气硬邦邦的，不容任何人打断，俯身失控地按住枫渔的双肩。他因为跟时间抢时间却眼看着就要输了而气愤，也气恼一向心思机敏的枫渔今天故意装傻，但他更害怕她随时跑掉，剥夺他最后的机会。

枫渔这才仰起脸打量起林哲来，他的大背头只梳了一半，另一半的头发尴尬得不知道该往哪边站，发蜡也没打好。细密的汗珠从额头蔓延下来，衬衫从上往下了两个扣子，黑色领带被粗暴地扯开了，他赶过来的时候一定很着急。

这不像那个任何时候都风度翩翩、在意形象的林哲。

"醒来之后，他无法摆脱那个梦境，他被梦里的女人给迷住了。他无法正常思考，满脑子都是梦里的女人，他企图雕刻一个男人去摆脱那种走火入魔的感觉。可是他没想到，他竟然雕了一个女人出来，一个婀娜多姿的少女，一个令世上所有女人都黯然失色的少女……"

"他把所有的热情和爱恋都给了那个少女。他像对待结发妻子一样，凝视她，爱抚她，装扮她，陪伴她，为她准备了很多礼物，形状奇异的贝壳、光滑的鹅卵石、珍贵的琥珀、香气扑鼻的鲜花。他还给她取了一个特别好听的名字——伽拉忒亚。在塞浦路斯的爱神节那一天……"

枫渔替他接了下去："他虔诚地跪在神庙里，向神祈求让伽拉忒亚成为他的妻子……"

她怎么可能忘得了这个故事呢。

林哲讲这个故事的那晚，他俩从中山公园一路走到了静安寺附近。

净身高 161 厘米的枫渔在南方的姑娘里，身高刚刚好，加上那张出众的脸和诱人的樱桃唇，稍微穿个带点跟的鞋子站在人群里便很出挑。可她每每与身高 185 厘米的林哲站在一起，却还是差了一大截，她想要

看清林哲的脸，就只能踮起脚尖仰起脸。久而久之，她养成了每次见林哲必穿高跟鞋的习惯。而这些，林哲自然是不知道的。他只当她是为了见客户时，显得更有气场和说服力。

脚踩8厘米香槟金细高跟鞋的枫渔，开始还行走如风，紧紧贴着林哲，走了两个街区后，脚底便开始一阵阵钻心地疼，可她脸上还是保持着轻松愉快的表情，聚精会神地听林哲科普希腊神话，讲希腊神话和罗马神话的关系，讲罗马如何以武力征服了希腊，希腊又如何以文化渗透的方式征服了罗马，而后又莫名其妙地将话题引申到艺术的起源和哲学层面。

他的嘴巴里像长了一个魔法口袋，无数浩大的名词从他的魔法口袋里蹦出来，亚里士多德、柏拉图、黑格尔、康德、神话、战争、文明、枪炮、细菌、进化论，等等。有一瞬间她仿佛回到了令人昏昏欲睡的艺术学概论课堂上，他滔滔不绝地讲了那么多，她却只记住了皮格马利翁和西西弗斯，一个得到了神的眷顾，最终得偿所愿；一个触怒了众神，在一场又一场徒劳无功又绝望的努力中消耗生命。

后来，她的脚实在疼痛难忍，这才脱下高跟鞋拎在手里，光着脚走后面的路。当她弯腰脱高跟鞋时，林哲才发现她被磨到红肿的脚后跟，心里很过意不去，可那晚的他被诸多沉重的心事纠缠着、虐待着，根本无暇他顾，不愿就那样停下来，只想一直走下去，只想让她陪他走下去。

他用尽可能云淡风轻的语气恳求："我们再走一会儿吧。"他仅能做的绅士举动，就是脱下西装外套披在穿着露肩礼服的枫渔身上，再接过枫渔手里的鞋，帮她拎着。

"好啊。"枫渔足底钻心疼痛，面上却欣然答应。

像林哲无法拒绝乌雅姿的任何指令一样，她也无法拒绝林哲，他们三个人无聊地纠缠了四年，只有她是舞台上没有追光灯的嘉宾，是主持人开场介绍时不看手卡根本想不起来姓名的嘉宾。

朦胧夜色下的愚园路和法国梧桐。全景，NOMO 滤镜。
拎着香槟金高跟鞋的林哲。手部特写，港风滤镜。
拍摄设备：枫渔 3.8 系统相机。
拍摄时间：2021 年 8 月 27 日。

03

"你能不订婚吗？"

被兄弟踢过来催未婚妻出场的男主人公，没料到会撞见抢女主角的剧情，他站在门外，拧着门把手的手僵在那里。透过门缝偷听，他的心脏像被人攥在手里用利刃慢割，他下意识屏住了呼吸，害怕偷听到他接受不了的回应。

"致宇在等我。"

"如果阻碍你的原因，只有方致宇在等你这一个，我想自私一点带你走！"林哲上前一步抓住了枫渔的手腕，顺势把她从椅子上拉了起来。

门外的人握紧了拳头，准备随时冲进去。他在努力克制平地蹿起的怒火。

"林哲，你还是那么自大，还是我认识的那个人。你凭什么认为，我一定会跟你走？理由呢？你爱我吗？"

哪怕是质问的语气在暧昧的气氛渲染下也很容易被理解成调情，但她此刻顾不得这些了，虽然场合不对，可已经到了这一步，似乎也不必

再遮遮掩掩，有些事情终归应该有个清楚的答案。

从前那些包裹在夜色与寂寥里的隐秘的女儿家心事，一瞬间汹涌而来。她多想成为一个闪闪发光的人，站在他身旁的时候与他更相配，不必再担心他人探究和疑虑的目光。即便后来的她在出席社交场合、穿越人群时，总能轻松采摘他人眼里的惊艳。可是，她在林哲面前还是自卑。只因他见过最初的她，那个像丑小鸭一样的懵懂傻气的她。她曾不止一次地假想过，如果自己在发光之后遇见林哲，他是不是更容易对自己心动？然而，时间不能重置，感情也没法编排，拥有的总会失去，过去的不再回来。

"我……爱的吧……"

"你看，林哲，你连这个问题都没想清楚就跑过来阻止我订婚，是不是太自私了？"

"枫渔，不是那样的，我怕失去你……我第一次这么害怕失去一个人。"他停顿了一下，"我用过最顺口的牙膏是你以前给我买的，衬衫的袖扣是你帮我挑的，新家的装修风格是你帮我选的，竞标失败是你陪我喝酒泄的。我习惯了你待在我的世界里，我没有办法想象失去你以后的生活，我从前以为我们只是朋友……"

"朋友"两个字在她听来可真刺耳，她又不缺朋友，如果没有半点私心为什么非得陪他、照顾他。他看似真情的告白很快被枫渔残忍打断了："林先生，你只是习惯了拥有，我相信，花点时间你很快会再度习惯的。而且我觉得你只是需要一个更好的保姆而已。"

"你知道我不是那个意思，枫渔，我爱你，我不想让你订婚，不想让你嫁给别人，你明不明白？"他指尖的力度不由得加大，下一秒，他已经把枫渔紧紧地箍在怀里了。

"如果这句我爱你，是你亲口说出来的，不是我问出来的，我也许还能相信你。可惜一切都太迟了，没意义了。"枫渔用力掰开了林哲的手，掰得双手通红，差点刮断了为订婚宴新做的法式多巴胺美甲。

枫渔又往后退了一小步，先前他们的距离太近了，近到理智一直在被错乱的回忆干扰，没办法正常思考："其实无论你刚才的答案是什么，我都不会改变心意了。你变了，我也变了，我们两个人一直有时差，我现在爱的人是……"

"那你……"

没等林哲把话说完，再也听不下去的致宇冲了进去。

"枫渔，你好了吗？怎么，林哲？你到了也不跟我先打个招呼，大家都在外面等着，你在这里拖着我的未婚妻谈心，不合适吧？"

"抱歉，今天我失礼了，耽误你们时间了。"林哲转过身来，欠身低头表示歉意。

致宇像没看见一样，直接越过他，牵起枫渔的手着急地往外走。

神啊，今天的我太坏了，可以被原谅吗？她想放生过往，断了林哲的念想，又带着近乎报复的恶意说了冰冷伤人的话，问出了憋了很久一直没能问出口的问题。被自私和任性蛊惑的枫渔，完全忘了这样做会伤害到致宇，也不知道他究竟听到了多少。

喜欢林哲，迷恋林哲，就像在过一个湿热漫长又满怀希冀的夏天。可得不到回应的爱，让枫渔一路上走得很疲惫。一个夏天，又一个夏天，在第五个夏天过去后，她终于开始想让脑子清醒一点，想让心吹吹风，再晒晒阳光，渴望邂逅一颗滚烫的心和一份炙热的爱。想着要是有人在严寒冬日的午后，向她伸出温暖的手，她可以试着抓住他的手，体验一把掌心有温度、心房被填满的感觉……

致宇就在那样的情况下出现了，她开始相信那才是她真正的宿命。

这算爱情转移吗？但这样的评判对致宇太不公平了，他又不是谁的替代品。

通向宴会厅的走廊曲曲折折，枫渔的心也跟着曲折，她还是开口了："致宇，刚刚……"

"你什么都不用解释，我相信你。你如果真的想说，等今天忙完了，晚上我们再慢慢说。"

"致宇，谢谢你。"

"傻瓜，以后你要习惯对我说我爱你才行。"

"嗯。"被致宇紧紧牵着的枫渔，很郑重地点了个头。

当作品有了独立的思想和生命力，它就不甘心只是当个作品了，哪怕是出自最伟大的艺术家之手。

就到这里吧，皮格马利翁先生。

04

五年前，枫渔脸上写着稚气和土气，身上带着大学里最后一份兼职结款的 700 多块，一个人拖着一个 24 寸的行李箱，莽莽撞撞地跑来上海。

刚刷完火车票出站，就被虹桥火车站站内汹涌的人潮和五花八门的商铺、指示牌晃了眼睛。

她还没来得及适应，旁边有个也是学生模样的女孩，大声叫了起来："抓小偷，抓小偷啊，那个人偷了我钱包。"紧接着，人群骚动，几个身影先后从她身旁撞过去。

她被撞倒在地，包里的东西洒了一地，米奇老鼠的钥匙扣、哆啦A梦的零钱包、学校食堂的饭卡、餐巾纸、黑色中性笔、粉色A6笔记本……她爬起来揉了揉膝盖后，又蹲下去，一样一样地捡，还得小心手不被路过的脚踩到。

那会儿她还幻想着，如果有个穿白色T恤的大帅哥出现，蹲下来帮她一起捡东西就好了。可虹桥站里的人大多行色匆匆，大家都带着各自的目标出发或抵达，有谁会注意一个蹲在地上捡东西的女生呢？何况，还是个打扮土气的丑小鸭。

不过，她的运气也不算太差，捡到后来，一个扫地的阿姨走过来，帮她一起捡了。她在上海这座繁华的大都市，收获的第一份善意来自一个清洁工。

"最后两个问题，你对我们公司的了解有多少？上海那么卷，你为什么还会来？" GK招进来的每个人都会花大心思栽培，如果新人的心不定，到最后也是给别的公司做嫁衣，不如一开始就刷掉。

"甲之蜜糖，乙之砒霜，上海当然有不好的地方，但它依然适合做梦，城市大机会多。而且贵公司是上海最有名的公关公司之一，主要服务的客户有几个洋酒和香水品牌，比较有特色的是中高端的私人定制晚宴服务这块，你们旗下还有一家摄影公司和一个网红孵化器……"

"还有别的吗？"

"没有了。"

"按你这个逻辑，北京、杭州、深圳也都可以，为什么没留在北京？我看简历，你是在北京读的大学。"

"向往吧，我觉得上海是一个不太会嘲笑梦想的地方。"

"那你的梦想是什么？"

"我现在的梦想是找一份好工作，远一点的还没想好。"

枫渔回答问题的时候，面试她的人一直用笔在轻叩桌面，他应该很赶时间。

"找个好工作，你那个不能叫梦想，顶多算个目标。"

"哦。"

"今天就到这里，有消息会通知你的。"

参加过毕业季面试的人应该都有类似经验，面到后来，一旦面试官着急结束，并配上"有消息会通知你的"这种没有任何感情色彩、一个字都不愿多说的标准答案，基本可以确定是没戏了。

枫渔为了那场面试特意查了很多资料，并一一背了下来，可一到临场发挥，那些准备好的完美答案像事先约定好一样，集体离家出走了，一点线索都没有留下。

灰心丧气的她打算重新做简历，再继续"海投"战术，没想到隔天她被通知录取了。她有点意外，但更多的是惊喜，她觉得一定是面试官看到了她的潜力。

后来的某天，她和人力资源部的 Amanda 一起吃饭闲聊，才知道原来当时她被录用，完全是林哲原先的助理突然离职飞去新西兰结婚了，连最后一个月的工资都没要，导致公司着急用人，可那几天面下来，又没能遇到特别好的人选。托马斯为了稳妥起见，就挑了她这个看起来老实、听话、好调教的，毕竟林哲的挑剔和毒舌可是出了名的，有过一个月骂跑 4 个助理的前科。

这实在有点令人沮丧。所以啊，生活里撞见小幸运的话，就尽管笑纳好了，能不探究原因的尽量别去探究，万一探究出不那么美丽的真实，岂不是影响心情。

05

毫无悬念，穿着打扮土气和缺乏干练气质是枫渔最先遭遇到的两大职场困境。

她向做时尚博主的好朋友请教了很久，又冒着刷爆信用卡的风险，才克服了没什么衣服穿且不会打扮的弱项。可紧逼她不放的，还有排版水平停滞在 20 世纪的 PPT 制作和一紧张就打嗝、临场表现一塌糊涂的演示。

因为这两个短板，她没少被林哲挖苦。

"这排版配色是 20 世纪的风格吗？你真应该去大学旁边的打印店上班。"

"你想用你一个人的审美重建世界秩序吗？"

"我来看看，这次又是什么意识流作品？"

"一小时后，我要看到一个优化后的、能出去见人的版本。"

"下次模拟 presentation 再打嗝，就扣工资，一次扣 5%。"

"在你能做漂亮的 presentation 以前，不用跟我去提案了。"

……

枫渔只敢在心里偷偷骂万恶的资本家，然后乖乖地笑纳每一条修改意见。

"啊——"

周五，以为自己是最后一个走的林哲，刚关掉办公室照明的总开关，便惊起了一阵尖叫。

他抬手看了一眼左手手腕上的沛纳海，快 12 点了，还有人没走？会是谁？重新打开灯后，他很快走到了公司东南角的一间会议室，推门而入，对门坐着的是红着眼睛、妆面有些残缺的枫渔。

"你怎么还没走？"话刚说完，林哲便注意到她面前摆着笔记本电脑，电脑旁边则放着一杯咖啡、一支笔、一个小本子，还有几本市面上畅销的讲 PPT 制作技巧和演讲口才之类的书。

好像刚哭过？瞬间了然的他，换了个问题："你怕黑？"

"嗯。啊？"枫渔看到突然出现的林哲，也吓了一跳。她还沉浸在下午跟托马斯谈话时难过的气氛中，被撞见尴尬得不知该说点什么缓解气氛。

"下个星期你的实习期就满了，你觉得自己能留下来吗？"

"据我了解，你的直属领导对你的工作能力很不满意啊，GK 的每个人都是凭真本事留下来的。"

"你现在这个时间点好找下家吗？"

"你好想想吧……"

她全程戴着羞愧的面具，埋着头，不敢回半个字。想着想着，眼眶又憋红了。可她不想在老板面前哭，还是为自己工作能力差被人事训哭，太丢脸了。

她深吸了一口气，装作若无其事的样子："我还有点东西没弄完，老板你先走吧，我走的时候会记得关灯、锁好门的。"说完，还努力挤出了一个自认体面的微笑。

可那没有生机的微笑在林哲看来，与苦笑无异。

他这才想起来，下午见到她垂头丧气地从托马斯的办公室里走出来，估计是那家伙又用自己的名义吓唬新员工了，他不由得连同自己也反思起来：我平常对她是不是太凶了？她还只是个新人。按新人的标准来说，她的表现算不错的，勤奋，聪明，也愿意学，只是受以往经历的局限，在审美品位上略差一些。

"又在突击 PPT 吗？"

"嗯。"林哲突然温柔的语气让枫渔有点不知所措。

"把笔拿过来，我只讲五分钟。你桌上那些都是些骗钱的快餐书，看了未必有用。"

枫渔赶紧很狗腿地直点头，老板亲自上课又不收钱，机不可失啊。

"逻辑和排版直接影响了整个 PPT 的质感。PPT 的英文全称是 PowerPoint，如果做完一个 PPT，你 point 没有更 powerful，那你这个 PPT 就是失败的。动机、场合、受众、论点、论据、素材，这些理顺逻辑时需要通盘考虑。排版之前，先问自己几个问题：你的逻辑清晰了吗？审美在线吗？配图高级吗？跟整个方案的调性搭吗？还有……"

说是只讲五分钟，可林哲一开口就刹不住车了，总共讲了二十多分钟，信息量大约有一本三百页的技能类科普书那么多。

枫渔竖着耳朵听，接连写了五张满满的笔记，生怕错过任何一个重点，写得她的手都酸了。

"早点回去，打车的时候注意安全。以后如果想哭，找一个没人的地方哭吧，实在不行去楼顶，把音乐放到最大声再哭也行。公司这样的场合，只能用能力说话。"

抛下这两句话后，林哲拿起车钥匙走了。

林哲的背影。偷拍，纵深感，胶片效果滤镜。
拍摄设备：枫渔 1.3 系统相机。
拍摄时间：2018 年 9 月 15 日。

那是枫渔关于林哲的第一个珍贵影像记忆。之后的很长一段时间里，林哲都扮演着枫渔人生导师的角色，他的话像圣旨一样牵动着她。

06

跟一个重要客户约了下午三点半的会，七点还要参加一个品牌的答谢晚宴。上午九点才开始上班，枫渔八点一刻就到了。进公司后，她立刻打开电脑熟悉 PPT 的内容。

二十分钟后，进公司的林哲瞄了她一眼，丢了张名片给她，让她去陕西南路上的某家设计师店帮他取一套西装。枫渔心里还有点不情愿，心想，哼，我是你助理又不是小保姆。但人还是乖乖地去了。

到那边以后，才发现自己真的错怪了林哲，人家哪里是把她当保姆，分明是嫌弃她穿得寒酸，才找了个理由让她跑一趟，好让他的设计师朋友 Allen 好好"改造"她。

那个打扮时尚又妖里妖气的 Allen，双手叉腰站在店里，打量了她好几分钟，那惊诧的样子像是见到了出土文物，还一脸嫌弃地直摇头。

之后，Allen 一口气拿出了七八套衣服，挨个让枫渔换，终于在给枫渔换上一件黑色 V 领、长及脚踝的连衣裙后，露出了还算欣慰的表情。然后，他像变魔术一样，拿出一对珍珠耳环、一双黑色绑带细高跟、一件白色加大薄款西装外套和一根香槟金的细腰带。

站立不安的枫渔，像个丝毫没有情绪的假人模特一样，任由 Allen 摆弄。

接近完工时，Allen 直接来了句："你看你，身材平平，又瘦又柴，就锁骨还能看，能撑点场面。以后别乱穿衣服了，把脖子和锁骨给我自信露出来。"

末了，Allen 还带她去了斜对面的一家理发店，让他的御用 Tony 给她洗了头，吹了造型。

暗自把看不上她的林哲骂了八十遍的枫渔，在看到全身镜里改造完工的成品后，被迫熄灭了"秋后算账"的气焰。好吧，她也更愿意以这个改造完的"枫渔 2.0"的面貌去见客户。

那天的会议非常顺利，但这跟"枫渔 2.0"一点关系也没有。

没办法，林哲的演说太有说服力了，那个同事口中以挑剔难搞闻名的客户也不时地点头，破天荒地没有玩手机和拍桌子。

开完会赶去答谢晚宴的路上，坐在后排的枫渔，冷不丁地冒出了一句："老板，今天的置装费我能转正以后再还吗？"

"从你年终奖里扣吧。"林哲从没想过问她要钱，这可是她主动认领的。

"啊？为什么呀？"

"你以为你一个月的工资能有多少？"

"那我能退吗？"

"不能。"

"老板，你跟那个 Allen 是好朋友，对吧？就是，那个，我们有新员工折扣吗？3.8 折那种？"

"再吵我就把你扔下去。"

"哦……"

大千世界，芸芸众生，每个人都在用他自己独特的方式与世界和他人发生连接。有人用语言，有人用文字，有人用绘画，有人用装置艺术，爱上手机摄影的枫渔，喜欢用影像，生活中遇见的每个人在她眼里都是

一张写着光影密码的照片。按下拍摄按钮的一瞬间，画面定格，编码成功。

但林哲不同，她跟林哲之间的纠葛，似乎是无数张值得挂在她大脑影像展览馆里的照片，是有时连她自己也忘了该如何解码的珍贵历史影像。

黑色绑带细高跟。特写。
光洁的锁骨。局部，无修图。
拍摄设备：枫渔 1.5 系统相机。
拍摄时间：2019 年 10 月 21 日。

那次给林哲当贴身小跟班受到的刺激，让她渴望变成一个闪闪发光的人，从外在到内在都足够吸引人，不对，她要成为闪闪发光的——有钱人。

翅膀还没长硬的她就大胆动了自己做账号接私活的念头。

一个平淡的周五，在其他同事都走了以后，她鬼鬼祟祟地拿出了自己的装备——从闲鱼上淘来的二手相机和读卡器，准备把近期拍的照片集中导出来在办公室里大干一场，不承想被老板抓了个正着。林哲落了东西在办公室，所以杀了个回马枪。

不出所料，她又被臭骂了一顿，林哲骂完她不务正业以后，又一针见血地指出了她在奔向网红摄影博主之路上的致命伤：没有想法的照片就像没有灵魂的人。

"摄影是光影的艺术、暂停的艺术，高手都会做减法。你每次都企图把太多想法念头装进同一张照片里，想表达的东西太多太杂了，为什么不能一次只说一个点？信息太杂影响传播效果，你好歹也是个做广告的，这么简单的道理不懂吗？没事多去西岸和 M50 转转，提升下审美吧。"

"大部分艺术都是从模仿开始的，不会拍就多看看大师的作品，边模仿边思考，每吸收一点好的，你的形状就能出来一点，慢慢地，你的风格就开始突显了。当你发现你再怎么模仿别人都不再完全一样，总带着自己影子的时候，你的风格就出来了。"

林哲骂得她很心虚，每一句都像飞镖一样扎在她正中心，她恨不得找个地缝钻进去。但凡换个男人给她上课，她都会在心里痛骂，可林哲说的她却照单全收了，不完全因为他说得有道理，只因他说的道理她愿意听，只因她在上海初来乍到，却又因购买力而尴尬窘迫的二十出头里，林哲是为数不多带她开过眼界、助力过她精神成长的人。

彼时她年华正盛，蜷缩在角落里无人在意，虚荣和物欲都像雨后的藤蔓一样野蛮疯长，还没能学会对事业有成、业内有话语权的男人祛魅。

等她终于能靠镜头语言准确表达心中所想的时候，又总会冒出些剧烈跳动的火苗，随时要在她的脑袋里点燃一场大爆炸，这时候镜头和光影又反向制约了她。后来她报了一个 PS 速成的学习班，又在某知名设计素材网站上拜了个高人为师，那人拿过一个圈内有影响力的设计大奖，他心情好的时候，会远程指点她一二。

她也是那时才真的明白，一个人要想在人前风光得毫不费力，背后得咽下多少努力和辛酸。

玩了两年摄影以后，枫渔终于有了在网络上疯转的影像代表作《上海半兽人系列》。在她的视觉作品里，所有白天无比光鲜亮丽的人，夜晚脱下衣服，落地镜里映出来的都是半人半兽的异类。每个人异化的部位不同，网瘾少年的脑袋变成一直闪屏的显示器，网红吃播的下半身长了一个脏马桶，广告公司文案的双臂变成带 LED 灯的键盘……

她也没搞明白到底是城市让人异化，还是人类自甘堕落，但她确认

了一点，别人喜欢她的照片，无非是因为她用最直白的方式说出了他们隐隐觉察却没能宣之于口的东西。网友抬举她是"摄影圈的小说家"。

摸到门道的枫渔，开始了不同主题的探索，每次拍一个系列，聚焦一个人在城市生态中遭遇的普遍困境。后来的后来，她在平台上圈了一大波忠粉，成了几十万粉丝的摄影博主，接商单的收入很快高过了主业工资。她在面对林哲的时候终于不自卑了，兜里有钱果然能壮胆，她鼓起勇气去告白了。后来的后来，大家也都知道了。

07

答应了致宇声势浩大的求婚后，枫渔想着，这下总算尘埃落定了，后面只需静静地准备半年后的婚礼。奈何致宇家的亲戚朋友实在太多，加上老爷子喜欢热闹，非让先办个订婚宴热闹热闹才行。她原以为只是一家人简单地坐下来吃个饭，没想到，一个小小的订婚宴，硬是搞出了老家结婚才有的大阵仗，让她有种要结两次婚的错觉。

"来，看这边。"摄影师笑着指挥舞台上甜蜜微笑的一对璧人。

摄影师的快门一个接一个，晃得她必须拼命睁大眼睛，保持嘴角上扬。

她恍然回到了 GK 2021 年的盛大年会。

那一年的年会是奥斯卡颁奖礼主题，所有的员工要盛装出席，一男一女组队走红毯，在年会主题的背景板下拍完照再入场。

那是她过得最开心的一个年会，留下了在 GK 最惊艳的两分钟。

穿着白色一字肩礼服的她，被身着英伦风西装、气宇轩昂的林哲温柔地牵着，缓缓地走上静安香格里拉大酒店门口铺的大红毯。

主持人和林哲做完简单的开场白，紧接着便是颁奖礼。

她是那一年的"年度最佳客户经理"，还被组委会要求做一个两分钟的获奖感言。

她用发愣的五秒钟，整理了后面要讲的内容，接着镇定地站在台上娓娓道来。她假装将视线聚焦在宴会厅中央的某个点上，但事实上，那只是个干扰视线的虚假定位，她一直用余光锁定林哲的动作和表情。

他笑了，赞许的那种。他掏出手机了，他在拍照，他在拍她。

林哲，面部补光，远景全身照，阳光灿烂的日子滤镜。

拍摄设备：枫渔 4.1 系统相机。

拍摄时间：2021 年 12 月 31 日。

08

订婚宴上的那一场闹剧，也让枫渔彻底看清了自己的心内之人究竟是谁。

她本只是个被爱情流放的可怜人，自私地把心寄存在致宇那里，敷衍地回应致宇对她所有的好，可敷衍着敷衍着她动心了，她终究成不了乌雅姿，没办法痛快玩弄别人的真心。起初她还担心致宇竹篮打水一场空，她得欠下不少情，幸好她猜错了，却赌赢了。从天而降的林哲，像感应到了她的心事要帮她逃出心虚的牢笼一样，在他真要带她走的那一刻，她犹豫了，她竟然犹豫了。

当她开始一次又一次主动亲吻致宇的时候，致宇悬着的心才肯放下。每当"老公"两个字从枫渔嘴里喊出来的时候，他都很想不动声色，表现得冷酷一点，可上扬的嘴角总是出卖他。他都做好了新娘子跑路，他一个人面对家里人的心理准备。

好在，傻人有傻福，从此以后，江枫渔火是他一个人的了。

为此，他甚至爱上了苏州和寒山寺，有事没事就拖着枫渔一起自驾游，逛完苏州博物馆吃两面黄，吃完两面黄去听苏州评弹，听完评弹再到护城河泛舟夜游。

林哲、方致宇和江枫渔之间的三角戏，就像一场夏日限定的龙卷风，来得猛烈，去得草率。只不过山长水又远，他日狭路相逢，江枫渔还是会抱着私心问一句："皮格马利翁先生，后来你又爱上了什么新作品？"

即便后来她得到了她想要的爱，心脏外壁上还是落下了一块难堪的疤痕。她还是会好奇，爱在他那里的答案是什么，他会怎样爱一个人。有没有可能，爱不是纵深的占有，而是汹涌不可遏制；有没有可能，被爱的人都需要一点点肯定、一点点偏心。他又知不知道，没有一个人愿意当另一个人表演爱意的傀儡。

她早就不爱他了，她只是还没能彻底忘记。

6

晚 "女昏"

01

"你不结婚，以后死在外面都没人收尸……"王美凤的诅咒在李安可的脑子里回荡了太多太多遍。

这种感觉怎么形容呢，像有一个人用烧得猩红的煤球夹昼夜不歇地去烫另一个人的大脑前额叶，对她施展新时代的炮烙之刑，好报复她的自由自在。凭什么就她能自由自在地不结婚，成天在外面瞎蹦跶。可是这样日积月累，导致李安可的情绪时好时坏，总是失眠。

她从未想过不婚，只是一不小心晚婚，可她没想到这种迟到的人生脚本是不被允许的，是大逆不道的。

02

这场9月突如其来的大暴雨已经停了，两个小时前狠戾肆虐的风也不见了踪影，唯地面残存的积水和被打落四处的香樟树叶与少许桂花，证明它们曾蹂躏过此地。此刻小区里的空气出奇地清新诱人，一呼一吸间如置身雨后瘦西湖，多的是无人涉足的好景致。

安可站在窗边，呼吸着雨后泥土散发出来的潮湿与淡淡腥气，桂花淡淡的香味也趁机扑过来。她把那枚GRAFF钻戒戴在左手无名指上，翻来覆去看了几眼，还真挺好看的。她低着头，又释然又自嘲地笑了。

他眼光一向不错，未婚妻想必也很不错，能让他家人满意。其实以前帮他整理出差要用的行李时，她有不小心看到过这枚戒指的证书，只是没想到它迟到了这么久，意义也已经时过境迁。

周牧也，他没有先逃跑，没有谁先逃跑，选择逃跑是他们共同的决定，他们都没有在应该勇敢的时候选择勇敢，应该包容的时候选择包容，却都在不该退让的时候纷纷退让。

安可拍了几张好看的照片，打算把它挂到二手平台上卖掉折算成钱，可等拍完照片修完图，她又舍不得了，舍不得把最后一点回忆标本拱手让人，尽管她无比清楚巨蟹座太念旧这一点真的很招后来人恨。她把戒指收在一个丝绒质地的红色首饰袋里，接着放在了首饰盒最下面一层。

后面她搬了一次家，那枚戒指莫名其妙就丢了，多像她突然出走的爱情。

03

火锅店里，烟雾缭绕，人声鼎沸，围着红色围裙的服务员个个忙成了陀螺。

安可抬眼望去，喜气洋洋的红色圆灯笼在她的视线里绵延。店里生意太好了，以至于楼梯上也涂上了一层薄薄的面霜，走路打滑，不用服务员提醒，人们也不敢走太快。

"点了这么多？"挎着 Chanel 最新款的猫姐从木质楼梯走上来，看着安可和满满一大桌子菜。

"吃不完打包呗，不够再加。"说完，安可抬手喊了下离她最近的服务员，"可以开锅了。"

她点了店里的特色锅"鸿运锅"，图个吉利。倒退十年，她肯定会嘲笑自己，但当下的她乐在其中。似乎所有中国人到了一定年纪都会自动向传统文化靠拢，主动吸收掌握中医、养生、玄学和风水等古老知识点，以便随时灵活运用。

"你怎么不接电话？"猫姐看着安可的手机在桌角边缘剧烈振动。

"先别说话，我给你看个好玩的东西。"安可说完，不去管猫姐脸上的困惑，接起了电话，开了免提。

"我在吃饭——"

不等安可说完，手机那边便传来一大段王美凤带着不满情绪的声音："刚才怎么不接，学会挂大人电话了？不要以为多念了几年书就了不起了，眼光高到天上不把父母看在眼里了。你爸妈没念过大学，可我们吃的盐比你吃的米都多……你当初还不如听我的，填个省内的重点，也不会像现在这么难找。"

"我看你在上海要想找个条件好的，有房子的，年纪跟你差不多的，比登天都难。"

"没房子的更不能找，以后结婚生小孩了还租房子住，那叫过日子吗？像话吗？"

"姑娘家，心气不要那么高！找对象不要光看长相，你爸年轻的时候倒是长得好，有什么用呢？这么多年你还没看出来吗？"

……

王美凤坐在客厅沙发上摘豆角，手机放到茶几上开了外放，用的还是安可前几年淘汰下来的。她在电话这头指点江山多久，安可就对着猫姐做了多久口型。

能读懂唇语的猫姐，眼珠子瞪得快赶上摆在她眼前的鱼丸那么大了。安可的口型跟她妈妈电话里操着安徽腔讲出来的普通话，几乎一字不差。

为了不耽误吃饭，安可决定速战速决："我在外面吃饭，晚点再说。"

"天天在外面吃，一点都不卫生，你有手有脚，不能自己做吗？"王美凤不能理解外面的饭怎么那么好吃，她怎么就懒到一顿饭都不能自己做，没有营养不说，还省不下钱。

"上班没时间，明天在家做，先这样了，拜拜。"安可说完，逃跑般按下了红色按钮，挂断了这个扫兴的电话。

04

"你妈最近怎么逼你逼得这么紧？"猫姐问。

"她说我快四十了，再不找个人嫁了，以后只能找个二婚带小孩的，给人家当后妈了……"安可夹了口卤水肥肠开始吐槽。

"不对啊，你不是九一年的吗？怎么就四十了？"猫姐不解。

"来，我算给你听，九一年三十三岁，虚岁是不是三十四岁了，四舍五入可不就四十了？"

"那按你这么四舍五入的话，我现在随便跳个槽就能年薪百万了，太荒谬了。"猫姐觉得匪夷所思，"你妈不是做会计的吗？这数学水平是认真的吗？"

"那你就错了，她对数字敏感得很，她只是对我的年龄更敏感罢了。"

"你那个做金融的小男朋友呢？"拼命往辣锅里涮菜并不耽误猫姐嘴

上的八卦。

"分手了。"安可平静地说。

"怎么分手了，不是感情很好？你们还经常一起出国旅行，你家里不知道这段吧？"

"没说过，他们也不会接受比我小的男孩子。"

那个人还在英国读书的时候他们就认识了，他虽然比李安可小五岁，事业上却一直野心勃勃地盘算。他给过她浪漫、心动、温柔与疼爱，包容她的所有骄纵，情感方面似乎任她予取予求，却唯独吝啬"将来"二字，他所规划的将来里没有她的位置。

他们俩从新加坡旅行完飞回上海的途中，机舱外掠过温柔的云、橘色的霞光，云中穿行的轨迹像挤在蛋糕上的那一圈奶油一样，令人遐想。这一系列线条色彩的简单组合，像马蒂斯的点彩画，温暖而强烈。

他故意吻她的耳垂，把刚睡着的她弄醒，一起看风景。等看完风景后，他又拍拍自己的肩膀示意让她继续睡，于是，她又靠在他的肩头沉沉睡去，安心睡去。她刚开始做了一个美妙的梦，在梦里她做好了跟这个人过一辈子的决定以后，所有甜蜜的泡泡都破碎，一切戛然而止。

奇怪的是，没人能准确地形容爱情应该是什么味道，但当爱情变味时，人们总能第一时间察觉。他不再提纽约、陆家嘴，关注点变回了新加坡。在家里人的轮番劝说下，他最终打算回到更方便撬动人脉资源、起飞更快的主场。事业变动后，他们很快就要开始异国了，异国没能接上"恋"字，是因为她开口提了分手，李安可拒绝了跟他一起出国的计划。

男人从来不会主动提分手，但男人都特别擅长逼女人提分手。

这是商量吗？这是单方面通知吧，她一点准备都没有。她知道他的妈妈和外公外婆整个家族都在新加坡，可她在新加坡举目无亲啊。她现在事业刚有点起色，到了新加坡人生地不熟的，万一找不到好工作没收入怎么办？靠他家安排工作还是靠他养？寄人篱下，每个月伸手问他要月例银子吗？吵架、发脾气、闹别扭的时候怎么办？她有信心始终拥有他的包容和怜惜吗？万一他变心了呢？他的激情承诺抵消不了她对未来不确定性的恐慌，人生苍茫如海，只要撬动未来的支点不在她的手掌中，她就无法不忧心。

他们大吵了一架，她激愤中提了分手，把他以前送她的礼物全扔到楼道里让他滚蛋。

可李安可的理性清醒只持续了一个月，就开始研究移民政策，试着往新加坡的设计公司投简历了。那么好的发展机会，眼看要一展宏图，换作是她遇上了，也舍不得放弃吧？她永远这样，吵起架来嘴比钢化玻璃硬，但心比棉花糖还软。在嘴硬心软、吵架口不择言这块，她丝毫不输母亲王美凤。等反思完了，她又自我安慰，一段感情走到最后，谁都不想当被抛弃的那个，总得有个人先开口。

"安可，你以后还谈恋爱吗？谈的话你得想清楚你到底要啥？要人还是要钱？"猫姐语重心长地说。

"我也不知道……"安可是真的还没想明白，"我以前觉得，我是个半圆，他也是个半圆，我们两个在一起就是圆满。但我现在觉得，他是圆形最好，算我赚了，三角形也很好，他就是个标点符号都很好，只要他有他圆满骄傲的部分，我就不介意他有他的残缺破碎，毕竟我也有我的。命运让我们相遇的时候，那些交叉重叠的部分熠熠生辉，永不相交的部分各自斑斓，残缺破碎的部分互为接纳，在一起繁花似锦那是肯定的，真遇上了时间残忍、命运跌宕，便甘苦与共轻易不松手。"

这是她模仿猫姐理科生思维解释给她听的版本，但其实私底下她有另外一个版本。爱一个人是什么呢？你不喜欢花，甚至有点讨厌，在你眼里花卉草木的荣枯不过是生命乏味的重复，可你却在房子后面的空地上开垦了一大片地，种了些季节错落的花。每年春暖花开，数以万计的蜜蜂飞来飞去，那翅膀震颤的聒噪在你的意识里就和用长指甲刮黑板一样讨厌。可你日日都去花园，这里走走，那里看看，悉心照料着。别人笑话你不喜欢却重复这些无意义，你笑回去，重要的不是种了什么花，重要的是为谁而种的花。

她想拥有这样的时刻。如果她足够幸运，她希望遇到一个肯为她种花的人，如果另外一个人足够幸运，她也愿意为他种花。

"停，打住，什么乱七八糟的，这还不到八点档，你别跟我演琼瑶剧啊。你不是搞设计的吗？怎么老把生活想得那么文学。"猫姐停顿了一下，继续说下去，"生活就是锅碗瓢盆，一地鸡毛，你怎么还飘在天上？"这下，猫姐和王美凤的立场惊人地一致。

"你这样很容易被男人骗，你知道吗？"猫姐语气不屑，心里关切，"你要是图男人个子高、有腹肌、长得帅、用户体验好，有车、有房、有潜力这种可量化的东西，我能立马帮你写一组代码跑数据。可你要是讲在一起开心，有共鸣，这个筛选机制太难搭建了，人的内心世界无法被机器准确测量。姐妹，你得实际一点……"

听进去这一串话的李安可放下了筷子，到嘴的嫩牛肉忽然变得又苦又柴，她咽不下去了。

"算了，不聊男人了，再聊下去菜就不好吃了。"发现安可情绪不对劲的猫姐立马终止了这个话题，转而说，"你工作还顺利吗？以后什么打算？"

"我想多存点钱，再积累点人脉，我现在手上已经有不少好案例了，以后出去自己做个设计工作室不难。工作室也不用大，四五个人就差不多了，每年接点大公司流出来的小项目，小富即安没问题。再说了，把公司搞大，我也没那个能力。你知道的，我这个人人微言轻，脾气大，不喜欢搞应酬，不擅长舔客户，还敢挑客户毛病，能把客户池子做大了才怪，还不如好好经营这些年靠口碑沉淀下来的老客户。办公地点我都想好了，陕西南路附近有个 Wework 环境很不错，一个工位每个月 2000 块钱左右，靠窗的位置还能看到好看的街景和梧桐树，去环贸 iapm 商场逛街吃饭，去南昌路喝咖啡，或者去长乐路喝酒也都很方便。"这些盘算安可张口就来，"对了，财务跟行政都能外包，也花不了多少钱。"

"你看看，宝贝，你在搞事业这方面脑子清爽多了。"猫姐连连鼓着掌说，"刚才算我多嘴了，我现在觉得，你心思根本不在谈恋爱上，你要是心思放在谈恋爱上，你早就想明白要找什么样的了，像之前那种不靠谱的姐弟恋根本就不会谈了。"

吃完饭，打车回家的路上，猫姐的话像电影字幕一样在安可的脑子里不停滚动。出租车在高架上飞驰，远方灯火连成线，仿佛野火烧成片，高架两边的霓虹照得她的脸或明或暗，一颗玻璃玲珑心浮浮沉沉。

现在不是很流行向宇宙下订单吗？也许猫姐说得对，她不曾得到的，恰恰是她没那么想要的。不是那个人不稳定，是她自己的心没定，她还没想好自己想要什么样的婚姻生活。从前那些失恋被抛弃的心生怨憎，在此刻变得幼稚可笑了。你爱过人，也被人爱过，欣然接纳这种"爱过"，勇敢向前，不必因为最后分开，就陷入惶惶不安的泥沼，怀疑曾拥有过的爱。这样才会更容易快乐吧。

她一直没跟人提过，他们分手后，她收到过一份新加坡寄过来的国

际快递。

拆开裹得紧紧的三四层包装后，里面是一枚精致耀眼的白金 Graff，还附了一张手写卡片，翻开卡片，熟悉的飘逸字体跳跃到眼前：

"或许我撒过很多谎，但不包括爱你这一句。本就是按你的尺寸买的，也没法再送给别人，留个纪念吧。愿你一切安好。"

最后那句前面还清晰可见被划掉的"我们"两个字。你看，人只要动动手指，便能轻易把过去全都推翻，这算不算一种超能力？

05

1964 年出生的王美凤，聪明好学，靠着村里的大广播自修了四大名著、金庸武侠小说和邓丽君流行歌曲，后来进了棉花厂做会计。年轻时候的她也是娇艳的厂花一枚，头发烫成羊毛卷，嘴上涂颜色最艳丽的口红，腿上穿拖地喇叭裤，脖子上再戴一条精致的丝巾，高跟鞋踩在水泥地上，啪嗒啪嗒响，像走在 T 台上，像踩在人的心脏上，一度引领县城旧厂区的潮流。

邓婕演的《红楼梦》红遍大江南北那一年，衬得王美凤的姿容更盛了，她很像邓婕。外厂爬墙头过来看她的人络绎不绝，那些男人蹲在墙头上，傻看傻笑，直到保安队队长拿棍子来打。

追她的人多了，惹得厂长家的儿子也来凑热闹，就在大家以为厂长儿子胜券在握的时候，王美凤结婚了，她嫁给了篮球打得很好的车间修理工——李大军。

李安可从家里的旧相册上可以看出，母亲王美凤在年轻的时候的确是远近闻名的大美人，很时髦。可结婚有了孩子以后，除了一家三口的合照，竟再没看到王美凤一个人对着镜头凹造型的照片。她的口红、眉笔在被幼时不懂事的安可玩耍弄断过几次以后，很久没再买过新的。对这些，安可心里有遗憾、歉疚，可这些遗憾和歉疚经常被王美凤言语中的尖酸刻薄稀释掉。

李安可未曾见过年轻时赶时髦，享受他人目光洗礼，偶尔还会引用几句《红楼梦》的王美凤，王美凤也没亲眼见过张爱玲笔下灯红酒绿、风花雪月的上海如今的新风貌，更无从理解正陷入后现代主义叙事困境的李安可的执拗。李安可还没看够外面的花花世界，还走在寻找自己的路上，磕磕绊绊。

"我今天在街上看到你们初中同学了，叫什么超的，最调皮捣蛋那个。人家爸爸现在天天笑得合不拢嘴，老两口子一手牵一个孩子，赞得很，还跟我打听你呢。他以前是不是追过你？从咱家门口走的时候，经常往门缝里面扒，我一往门前靠，他就吓跑了……"

"太穷的不行，没有好日子过，太有钱的也不行，你嫁过去肯定受气。你自身也不行，连一顿像样的饭都做不出来，嫁到有钱人家还不被婆家念叨死，怪父母没教育好……"

"你年纪不小了，三十多了，再晃荡几年就四十岁了，你又不是林黛玉，你挑什么挑呢？"

"你一个女孩子，还要飞多高呢？这条街就你犟得狠，从小就争强好胜，你不累吗？"

"你不结婚，以后死在外面都没人收尸……"

一字一刀，像武侠小说里杀手用起来极为称手的短柄匕首，扎得

生猛干脆，丝毫不拖泥带水。好在，手机这头单方面遭受这些狠话凌迟的李安可，不是七年前刚来上海那会儿一穷二白、钱包比脸干净的李安可了。

那时的她，连面试都不敢多抬头看眼前的 HR，讲话怯生生的，紧张起来两只手的拇指和食指会死命地搓衣角。为了快速融入公司的部门小团体，她连吃了一个多星期全家便利店里最便宜的盒饭，终于从牙缝里挤出两百多块跟同事 AA 了吃饭和唱 KTV 的钱。

每次跟家里打电话，她都假装衣食富足，从母亲节到父亲节再到圣诞节，礼物没断过，过年会给家里包红包，有时她也会分不清这是长大后纯粹的孝顺，还是为了多求得一点肯定而走的形式主义。一年回不了几次家的她，除了在钱上面大方点，好像也没有更好的跟家里联络感情的方式了。

她的普通话轻松暴露了自己外地人身份，免不了招致一些本地人的歧视，好在她本人遇上得少，只有一次被一个本地男同事莫名其妙地指着鼻子骂"乡吾宁①"。她当时哭得眼睛都肿了，一气之下想收拾行李回家，除此以外，她从没想过离开。

在她看来，上海还算一片公平竞争的沃土，经艺术总监点拨几次之后，她做的图得到了大客户的肯定，女老板在例会上当众表扬她，还十分爽气地给她涨了六百块工资。她也从同事都叫不准名字的小透明，成了被老板、客户认可过的新人设计师李安可。

开心的她，一下班就跑去公司附近的龙之梦商场五楼吃了一碗"家有好面"，点了杯饮料和一份平常根本舍不得点的黄鱼春卷。2013 年夏天，一顿晚饭吃掉七十多块对她而言，绝对是人间奢侈。

---

① 乡吾宁，上海方言，"乡下人"的意思。

那顿饭是从小县城里走出来的她得偷偷收藏起来的阔绰之举，王美凤要是知道了，肯定会骂她浪费钱，还没挣几个铜板就开始烧包。

一份冒着热气的黄鱼春卷端上来了，但量好少啊，十五块就只买到三根跟食指差不多粗细的春卷。她细细地品尝着，用热油滚过的春卷，跟热得半生不熟的盒饭就是不一样，春卷金灿灿的，像脸上挂着笑的太阳，外面的皮酥酥脆脆，里面的黄鱼肉鲜鲜嫩嫩，还没有一点鱼刺，一口咬下去，太鲜太好吃了，她都不舍得太快咽下去。她下意识做出美食广告里女主角才会做出的满足表情，又赶紧把第一口的满足收敛起来，怕被其他用餐的人看出她没见过世面。

那份黄鱼春卷是她人生前三十年吃过最好吃的黄鱼春卷。等到后来，她点外卖不太看价钱，人均两三百的餐厅日常随便吃，人均一两千的黑珍珠餐厅偶尔也舍得，可吃得再好，她都没再吃出过那份味蕾久旱逢甘霖的感觉。

那天确实是个里程碑。

那天过后，吃点好的成了她孤舟闯海时最廉价易得的轻疗愈，食物比爱易得，美味在口腔里的回旋踢能让她忘却很多东西。吃不上妈妈亲手做的饭菜，在外面吃点好的也是一种幸福。假装被爱，在擅长自欺欺人的人那里本就是爱的进行时。

一路吃下来，她由独乐乐进化成众乐乐，爱攒局吃饭，在朋友圈里吃货的人设稳固，就连第一次见面的人也知道她爱吃火锅，哪里有新火锅店开业了，她不开口也会有人主动来找她一起探店。

06

　　这天，安可探望完独自做子宫肌瘤手术的猫姐后，便开始张罗给自己配重疾险，想着帮爸妈也都一起买了，猫姐建议她可以先给父母买个医疗险。

　　本来是件挺好的事情，王美凤也认同安可说的风险规划，前脚兴冲冲地把身份证信息拍给她，后脚又突然开骂："李安可，你要是结婚了，这钱不就省下来了吗？你一个人在外面漂，生病了谁来管你？在医院连陪床的人都没有，买保险也不一定有用，还不是糟蹋钱？算了，不买了不买了，我跟你爸不要你管，我们有退休金，你管好自己就行了。"

　　电话这端的安可捏着仿佛烫手的手机，心想，论变脸速度，世间无人匹敌王美凤。

　　王美凤不会怀疑自己讲的道理，可任她想破头也不会想到，她这番话带给李安可最大的启发是，她要认真考虑做遗体捐献登记了。买保险只不过是安顿未来不确定性的第一步，不管结没结婚，做完遗体捐献登记后，死了就不怕没人管了。虽然她这么想有点动机不纯，但一想到多少能为公益出点力，她就决定原谅自己的私心了。

　　大抵是那天点的午餐外卖不干净，又喝了一大杯冰咖啡，午休时间，安可突发急性肠胃炎，疼到她把自己的手臂咬了一圈牙印，脸色煞白出了一身冷汗。痛到意识模糊的她怀疑自己会随时昏死在办公室里，万幸有眼尖的同事发现了她的不对劲。

　　很快，一男一女两个同事搀扶她下楼，开车直奔医院。

挂完急诊抽完血，检查报告拿出来一看，白细胞计数严重超标。医生看完报告后又加重了点滴里药的剂量。

半小时后，她终于清醒过来了。公司最近项目上很忙，不好意思拖累同事的安可让他们赶紧回公司，她一个人可以的。目送完同事离开，李安可的微信电话一直不停地响，她按掉又打过来，按掉又打过来，最后只好接起来。

王美凤问她在干吗，让她给充话费，她答应下来，想赶紧挂电话，可一向精明的王美凤嗅到了不对劲："李安可，你声音怎么了？"这个开场太熟悉了，熟悉得她都有 PDST^① 了。她妈一旦连名带姓地叫她，她准没什么好果子吃。

"搞哭了？谁欺负你了？"

百密一疏，她能抑制疼痛，弄虚作假，却没办法掩饰声音里的沙哑与憔悴，只好承认自己生病了。她尽可能轻描淡写地解释完前因后果，对面关心了几句后又冷不丁冒出一句："你看，你不结婚，生病都没人管你？让你不要天天吃外卖，讲多少遍了你不听，就把父母的话当耳旁风，从小到大这条街就你最有主见了！"

王美凤不放过任何一个让李安可"长记性"的机会。

安可不是没尝试过自己做饭，但每天上班来回通勤将近两小时，几乎耗尽了她的全部心力。下班回到家以后，她只想躺成一个"大"字，好好缓缓。她也经常会买一堆菜放冰箱，可还没来得及做就放坏了，别说蔬菜，就连水果也经常买了忘记吃，直到放坏了不得不扔掉。糟蹋食物的次数多了，她便不再动自己做饭的念头。成年人得知道自己几斤几

---

① PDST："创伤后应激障碍"的英文简写。

两，她真不是那块料。

她头昏昏沉沉的，很反常地全程没反驳一句，她没那个力气了，正试图调动仅存的意志力，想几句挂断电话又不让她妈生气的聪明话术，这时王美凤自己气消了。

"肚子还疼吗？要吊几瓶水？"

"能找个同学去陪陪你吗？"

"我让你爸给你寄点香肠和咸鸭腿吧，你懒得炒菜，煮饭的时候一起蒸了，吃起来也方便。回头你把新地址发到我手机上。"

"天热了不要老吹空调，白天吹就算了……"

迷迷蒙蒙，医院的走廊里飘起了跟86版《西游记》里面一样的烟雾，她好像回到了小时候，回到了儿时为数不多的贫穷却快乐的时光……

那时候家里很穷，盖完房子后欠了一屁股债，亲戚朋友无人登门。家里没有空调和冰箱，就一个彩电。夏天热得要死，也只能吹电风扇，有时候连电风扇也不管用了，就干脆拎着凉席跑到楼顶上，铺开躺上去，楼顶上不仅能看到满天眨眼的星星，还能看到结伴飞过的绿色萤火虫，偶尔张开手心，还会有胆子大的萤火虫落下来。

以前停电也不像现在这么难以忍受，那时候停电，王美凤会坐在床沿给李安可扇扇子、打蚊子，一直到她睡着。

小时候，她一心想长大，想自己赚钱花，那时候考上重点大学，摆脱爸妈的掌控，到外面过自由自在的生活就是她最大的愿望。现在，她的愿望实现了一半，她读了好学校，找了份自己喜欢的工作，经济独立养自己没问题，不用小心翼翼地花钱了，想去的地方买了机票就可以去。她一路都在按自己的方式往前走，可她依然被一根叫"女孩子差不多就行了"的绳子死死拴着，不得自由，不得安宁，不能完全掌控自己的人生。

最开始大方花钱还能换回一点认可和尊严，但近来，给家里花钱也不管用了，她妈也不稀罕，逢年过节的红包、金项链和金戒指早就不管用了，王美凤现在只稀罕女婿。

要不是因为还没结婚，她跟家里这几年也不会一直这么忽好忽坏的。

堂弟结婚，找了县城里首屈一指的婚纱影楼拍了一组婚纱照，出片后，心满意足的新娘子把照片发到了家族群里，大家纷纷称赞的同时，有个不长眼的亲戚趁热闹问安可啥时候办事。

彼时在会议室跟客户谈笑风生的她，脸顿时僵住了，她的嘴在努力找人笑起来的弧度，眼里却是遮不住的黯淡。为了控制住情绪，她别过脸，深呼了一口气，继续跟客户聊方案。

她本以为这回像往常一样装死不回应，事情就过去了，可在堂弟的婚礼上，还是有人关心起她这个不知天高地厚，至今还漂泊在外的李家女儿——曾轰动一时的文科小状元。气得发抖的王美凤就在微信对话框里疯狂输出，把李安可贬低得一文不值，怪她不结婚，导致他们夫妻二人在亲戚小孩的婚礼上抬不起头；骂她的工作不好，天天加班，过两年就要换，一点都不稳定，还不如当初考个家这边的公务员，又稳定又舒服；在上海都混到三十多岁了，还买不起房，天天搬家，连个像样的狗窝都没有……

李安可费劲地划了三屏，才把王美凤骂她的语音读完整。

她想到，上个月她拿到了一个新锐设计师奖项，收到奖杯后立刻让同事帮忙拍了一张手持奖杯的照片，发到了他们一家三口的微信小群里，以为能换来他们一丁点的认可，结果王美凤只是回了："我不看，有什么

好看的。你不结婚，我哪儿高兴得起来。女孩子还是要有一个幸福的家庭，别的都是空。"

她已经忍了无数次，这次不想忍下去了，她把她为什么恐婚、为什么对婚姻没信心、不是不结婚只是还没遇到合适的，以及这么多年遭受王美凤的语言暴力所酝酿的苦水，打成字一口气都倒了出来。

现在网上不是流行说语言是一种能量吗？她想用语言的刀扎回去。

果不其然，信息发出去后没多久，她收到了王美凤气到发抖的语音："我以后打死不会催你了，你以后干脆死在外面算了。"

她刚听完一条，又点开刚收到的一条："你过年别回来了，我还想多活几年。"

那句"死在外面算了"并没能伤害到李安可，她早习惯了，更难听的诅咒她又不是没听过。吵回去的那个当下，她心里舒坦了，不然一直憋下去她可能真的要去看心理医生了。一顿饭人均五六百她能接受，但看咨询师一小时八百她还真有点舍不得。

当晚，李安可在床上辗转反侧到凌晨一点半，还是睡意全无，手机也再没响过，战争就这样草草结束了，她竟然很失落。两点多她还没睡着，她只能爬起来，把之前买的《心经》小楷毛笔字帖拿出来抄写。她不敢往家里打电话，不知道说什么，明明委屈的人是她，却又生怕把王美凤气出个好歹，最后只好折中，用抄经换取良心太平。

很快，她的右手手指和手掌都染上了乌黑的墨汁，她破烂的人生就像此刻她破烂的手掌，一无所有又自以为是。越往后抄，她的心越平静，可心也因此沉到了冰湖湖底，无法呼吸。于是她又转念自我安慰，没关系啊，我生本无乡，心安是归处。

07

安可讪讪地吃完晚饭，又以想早点休息对宝宝好为由，躲过了饭局上令人尴尬的每日养胎经验分享话题，跑去卫生间偷偷催吐了。

她不敢让老公和婆婆发现，进了卫生间，先反锁门，接着打开水龙头让水放着，这才敢掀开马桶盖，尽可能压低声音地催吐，由于技术娴熟，她很快就把晚上吃的东西全都吐出来了。吐完了食物，又吐了几遍酸水，等到把胃里掏空，她才觉得轻松多了。尽管这样折腾下来，她好像又有点饿了，但刚大张旗鼓地吐完，黏糊糊的嗓子属实是咽不下任何东西了。

怀孕以来，她就吃不下荤腥了，她曾经那么爱大口吃肉，一天不吃肉都馋得心慌，现在看到肉就想吐，可婆婆为了她肚子里的孩子，经常做些大荤让她吃，又甜又腻，她怎么吃得下？人家好心来做饭，照顾他们夫妻二人的饮食，她总不能再给婆婆脸色看，传出去太不像话了。

上海婆婆能这样对外地儿媳妇已经很不错了，她还敢要求什么？所以，安可只好忍着，当着他们的面大口吃掉，吃完了再吐。她经常趁着婆婆和老公不在家，一个人偷偷点外卖吃，点些清淡的粥，再配点小菜。她从没想过，以前单身没人做饭靠外卖活着，现在结婚了有人做饭，她还是靠外卖活着，她大概是只配吃外卖的命吧。

她按下冲水键，冲了一次还没冲干净，马桶内壁上依然残留了不少黏糊糊、脏兮兮的黄色呕吐物，她看了两眼，又恶心地吐了起来，尽管现下已经没东西可吐了。这下好了，土黄色的酸水都溅到马桶圈上了，她吓得赶紧抽出酒精湿巾，沿着马桶圈小心翼翼地擦拭。

才弯腰了一会儿，腰部和脊背上连着的筋骨就开始止不住地疼。肚子才刚显山露水，身体上的失控感却无时无刻不在提醒她，她正在失去对生活的掌控，她正在失去她自己。

这才第十二周，怀胎要十个月，别说往后一辈子的养育和看护责任，单说熬过眼前的这十个月，对她而言都不亚于一场生死之战。肚子里那个小东西，只有一颗草莓那么大，她完全没法想象一颗草莓那么丁点大的东西怎么还能长出手脚。从怀孕开始，她每天都在大惊小怪，重新认识世界。

小东西住进自己身体以后，她一个人承受着两份心跳、两份食欲、两份生命运转的高负荷。睡觉侧卧的时候，她担心会不会压到他，拉屎的时候她担心会不会臭到他，生活不顺遂、爬个楼梯、用指甲开个易拉罐都费劲的时候，那些点点滴滴的小槽糕发酵成恶毒的汁液开始往心脏内壁渗透的时候，她又陷入初为人母的无尽惭愧和害怕。他也是无辜的，他和她一样无辜，没有一个生命在到来之前，被赋予过签署"知情通知书"的权利。

老公很早就开始翻《诗经》和《说文解字》，说要给宝贝取一个好听不重名的名字。她一直没什么积极性，并非她不挑剔也不重视，只因她还不敢，她不敢给他取名字，因为一旦有了名字就会生出很多黏稠的牵挂。

她越想越害怕，不敢再细想下去。此刻好像有另外一个她，飘浮在半空中，不可置信地观察着这一切。那个人眼里填满了困惑，她是谁，怎么长相、声音跟我一模一样，她什么时候结婚了，怀孕了，为什么没人通知过她，而且那件睡衣那么丑，她怎么穿得下去。

等她回过神来的时候，电话已经拨出去了，王美凤说了好多孕期应该要注意的事项。她们像从前一样各说各话，李安可也像从前一样，左耳进右耳出，一个字都没听进去，满脑子都是"妈妈，我害怕……"

"我连饭都不能好好吃，我什么都做不好，我好失败，我都不想要他，我是一个坏妈妈！"

"妈妈，你看看我，你能夸夸我吗？"

"妈妈……"

她的嘴一张一合，像意外被拍打在坚硬礁石上的缺氧的鱼，嗓子发不出一丁点声音，发不出任何声音的她下意识地狂按手机的音量键，试图以此调大她发出的声响。

"醒醒，醒醒，你妈醒了。"有个柔软的手掌在推她，护士喊了好几遍她还没反应，便把手掌轻轻搭在她肩上，来回摇晃她的肩膀，她终于被叫醒了。原先趴在病床边沿弓着的背猛地弹起来，腰吃力地复位到与双腿垂直的九十度。

在卫生间洗澡摔了一跤，摔到后脑勺而昏迷了两天的王美凤比她早些醒过来，护士喊安可的时候，她本想阻止，可大约是嗓子太干了，话都挤到嗓子眼了，硬是没发出声音来。

母女二人先后醒来，第一时间去找对方的眼神，安可看到妈妈醒过来眼泪止不住地流。昨天安可拉着王美凤的手在医院里说悄悄话，说着说着就进入了梦乡，此刻的她们还保持着昨夜手拉手的动作。安可涂了巧克力色指甲油的左手，正紧握着王美凤瘦弱、皱巴巴的右手，两人的手僵在那里。

"水——"王美凤的嗓子眼终于能挤出点声音了，听到指令的李安可此刻顾不得手臂僵了，噌地一下抽出手臂，转过身，用还能自由活动的右手给她倒水。

此后二人没说一句话。

安可在梦境里泥足深陷的时候，王美凤在经历她人生后半场的大地震，她梦到了惨死的秀儿姐姐，她的秀儿姐姐是被活活饿死的。

王秀比她大十岁，在家中排行老三，前面还有两个哥哥，后面一妹一弟，生在重男轻女的多子女家庭里，中间的孩子一向不受宠，偏又生在贫穷落后的农村和粮食吃紧的年代，秀儿童年的凄苦可想而知。可小时候的王美凤哪里嗅得到这些，爹娘一直在地里忙活，哥哥、弟弟都不怎么搭理她，只有秀儿姐姐最好，陪她玩，择菜的时候把她抱在怀里给她讲故事，把藏在格纹手帕里的小方糖给她吃。

可秀儿因为心脏不好，稍微干点体力活儿就喘就累，又贪睡，一直被爹娘嫌弃，嫌弃她破烂身子富贵命，想她这辈子估计也嫁不到什么好人家了。

王美凤五岁时，秀儿姐姐嫁人了，被媒婆说给了隔壁村的一个瘸子，因为许的是瘸子，所以彩礼多要了些，加上王家的地被政府修路征收了不少，给了补贴，爹娘便咬牙又借了不少钱，在郊区靠近县城的地方盖了三层小楼。后来，他们开了个临街的小卖部，来来往往的运输车辆总会停下来买点东西，小卖部又变成小超市。家里的日子一点点好起来，在县城里站稳了脚跟后，他们就很少再回村子里了。

再后来几个兄弟姐妹都在县城里安了自己的小家，只剩秀儿一个人被困在村子里。

秀儿跟瘸子结婚后，生了一儿一女。瘸子走了、儿女各自成家立业以后，腿脚不便的她一个人住在村尾翻新过的小破屋里，儿子一家三口则搬到了村头新盖的三层楼房里。儿子就在眼前，但基本没什么用。女儿孝顺，可惜嫁到了外地，不能在身边照料，每个月抽空回来一次，给她买点吃的喝的囤上。

上个月，女儿出差多日，月底才赶回来。儿子一家自顾自地生活，也没想过去村尾看看他妈。等邻居循着臭味去敲门的时候，老人在屋里已经生蛆了。此后，村里都传，瘸子大儿不孝，对亲妈不管不问，导致秀儿被活活饿死了，死的时候米缸是空的。但儿子死活不承认自己不孝，一口咬定是天热中暑热死的，年纪大了摔死的。

真相怎么样已经不重要了，因为唯一的真相是秀儿实实在在地没了，给过王美凤人生最多爱的秀儿没了，在安可成长的过程中听王美凤念叨过无数次名字的人就这么没了。

下午一点钟，李大军来医院给母女俩送饭，李大军到的时候，安可还抱着电脑蹲在医院大厅的小角落里改一张要得很急的图。李大军把三个饭盒放在病床边的收纳柜上，说："吃饭吧，我给你做了汤。"说完，便跷着二郎腿在椅子上玩手机。这年头从小到老，手机瘾都大得很。

王美凤没心思打开，歪头看了一会儿收纳柜上的饭盒，叹了口气，虚弱地骂道："我跟你讲多少遍了，我不喝鱼汤，腥味大，你不知道吗？"

"我问过了，鲫鱼豆腐汤有营养，都是蛋白质。不要啰唆了，喝吧。"

"我不喝，要喝你喝。你自己想喝鱼汤了吧？"闻到腥味反胃的王美凤气不打一处来。

"你真是慈禧太后难伺候。"李大军话锋一转，"你这还躺着呢，我不跟你吵。你不喝汤，中间还有一盒鸡丁炒黄瓜，总能就着米饭吃吧？"

在王美凤听来，这句像人话了，但嘴上依旧不饶人："我气都气饱了，还吃什么。"

他们又你来我往地吵起来，像小孩子过家家赌气一样幼稚。夫妻二

人吵到一半的时候，李安可抱着电脑出现了："别吵了，你们也不怕吵到别人。妈，你要吃什么我去给你买吧。我看县医院两公里内有不少饭店，点外卖也行。"

王美凤哼了一声后，把头一扭，仿佛连斜着眼睛看李安可都觉得晦气。

母女俩就这么在病房里斗法，也不怕旁人看笑话。

但李安可没想到，王美凤气消了大半，愿意正眼瞧她以后，对她说的第一句话是："你大姨，一辈子没住过商品房……"

九一年出生的她还不能参透这句话的奥妙，但母亲眼底的悲伤震慑住她了。

三天后，王美凤好歹能下床了。母女俩在医院花园里散步的时候，破天荒地好好聊了个天，从天亮聊到了天黑，把没说完的话都说开了。这一次，两个人情绪都异常地稳定，哪怕听到的话不顺耳，这次也都忍住拿难听的话去扎对方的冲动。

王美凤的政治立场是这婚还是得结，女儿家一辈子不结婚算什么呢？但眼睛也得瞪大了找，以后她不会一打电话就催了，李安可自己的事自己得上心，不能一天到晚全扑在工作上。人都有老的一天，他们年纪大了还能陪她多少年呢。就说李大军吧，虽然粗心嘴碎，两个人三天两头吵架，一辈子吵吵闹闹的，日子也过下来了。她住院，好歹有个人看着，大忙帮不上，跑上跑下，交交费、做做饭总可以的，人老了还是要有个陪在身边的伴儿，儿女总有一天要长大，像小麻雀一样说飞走就飞走了。

李安可也给王美凤交了底，她不是打死不结婚，只是还没遇到合适的，她还是想找一个自己喜欢的，她没办法想象自己跟一个不爱的人睡在一张床上，她睡不下去啊。

她说到睡不下去的时候，王美凤的两个眼珠子都快掉地上了，她没想到李安可嘴里能吐出这么臊人的字眼，一时之间不知道怎么接。在她没法铁血管教的日子里，女儿可能已经成熟得超出想象了，她很想调用过来人的经验教育李安可，可话到嘴边了还是臊得说不出口，最后变成"也不要吊死在一棵树上，差不多的都了解看看"。那一刻她妈精明得像个见过很多世面的上海老阿姨。

李安可听明白了，王美凤是让她"多养几条鱼"，是她低估她妈了。

又是一年梧桐疏影、蝉鸣不绝于耳的夏季，在傍晚的天空下，她还看到了几只飞过的红蜻蜓。

李安可在同事嫉妒的眼神中，毫不费力地瘦了，她的肉胳膊和大腿都变纤细了，是上镜拍照依然看起来健康又苗条的那种纤细。她的黑眼圈也消失了，连说话的声线都饱满起来，也不知该归功于早睡早起的新生物钟，还是低脂健康餐真的管用，总之，她整个人变得容光焕发。她也不再白天黑夜运动手环不离手腕，好似很擅长时间管理，却从来没迈开腿真正运动过，整天掐着每分每秒过日子，赶无处不在的截止日期。她的人生还很长很长，没必要总是想着从这里赶到那里，一切都可以慢慢来。

早上四点半，小区里叫不出名字的鸟儿就开始叫了，小松鼠也在无人觉察的角落里活动筋骨，动物似乎比人类更懂得生活，它们总能在一切发生以前更早地拥抱雨露朝阳、清风明月和四时风貌。天上的柔白光亮随时间滚动变得越来越明朗，新的一天要开始了。

昨夜她做了个美美的梦，蓝色的海底，一张双人床，床边放着一个黑色铁架子支起来的落地灯，顶部却没有灯泡，一团悬空的白色柔光外围聚集着成千上万只萤火虫。她坐在床上，盖着鹅黄色的蚕丝鹅绒被，

一抬头，漫天萤火虫和一只鲸鱼在她身边快乐地游来游去。

这一切温柔美好让她沉醉，早上洗漱照镜子时，她都还在咧着嘴笑，像个快乐的精神病。

是的，她结婚了，她"嫁"给了这辈子无论如何不会背弃她的人，无论如何都会把她的期许和梦想排在第一位的人，那个人就是她自己。往后再结婚，无论嫁给谁都是二婚了，那既然是二婚就更得擦亮双眼找个自己喜欢的了，不能只图搭伙过日子，既辜负别人也委屈了自己。

7

假性

恋爱

进行时

01

4月，南京城。

万物陆续从冬日萦绕的慵懒中苏醒过来，气温不冷不热，又飘起了细细的雨丝，落在皮肤上只留下一点若有若无的凉意，像临别时亲人的低头絮语，一心只想闯荡外面花花世界的儿女根本无法觉察。此刻不打伞也丝毫没什么关系，尚不影响前行。

为住院的爷爷祈完福吃完素面，沈乔跟南旭走出鸡鸣寺的那短短几百步里，已经感受到了人流量的猛烈变化，他俩很快从松弛的并排走被挤成了一前一后，中间还隔了几个人。远远望去，樱花大道上早已挤满了密密麻麻的人流和车流。

人太多以至于沈乔打消了站在明长城上远眺玄武湖、近赏樱花的念头。比她更熟悉南京城一切犄角旮旯的南旭随即拉着她溜进了一条城墙下面的细窄小道，步行数十步以后他们再度与樱花相遇，小道两边稀稀拉拉地种着此刻正温柔绽放的樱花和任何时候都高大挺拔、深情望天的樟树。又走了一会儿，视野的前方出现了一个薄荷绿的篮球架，像刚被粗浅地翻新过，颜色清新好看，油漆却涂得不那么均匀。篮球架下安静躺着一个粉色的细长沙发。

他们并排坐在沙发上聊天，互相更新分别这些年的近况，聊到细雨变成豌豆大雨砸下，他们也丝毫不介意。尽管医生一再声明只是摔了一跤骨折了，没有大碍，沈乔还是很担心爷爷的身体，爸妈车祸去世后，爷爷就是她在这世上唯一的亲人。南旭看出她眼里的担忧，拍着胸脯让她放心，他医科大学的同学多了去了，大不了他多找几个权威专家给看看。聊到后面，南旭换上了难得认真的表情，他说自己打算去澳洲了，一切顺利的话以后就不回来了，说完他转头问沈乔的打算。沈乔说她打算回来了，外面也就那样，没什么再待下去的理由。上海像另一个纽约，永远繁华热闹，奔腾不息，永远孤独无依，停不下来，短暂停泊在那里的外地女孩永远需要一份工作、一间公寓和一个男朋友，况且她也不知道还能再陪爷爷多久……她的声音随情绪一起越来越幽沉。

南旭坐在沙发上，双臂做着投篮的动作，注意力却全放在沈乔的话上："想要男朋友还不简单，我给你当啊。别说男朋友，等哪天你想结婚了，我也能给你兜底。"

沈乔盈盈一笑，露出两个小酒窝："得了吧，咱俩从小一起长大，革命友谊比金坚，你左边屁股上有几颗痣我都知道，怎么做情侣？演情侣连我爷爷都骗不了。"

沈乔为了让爷爷放心，让南旭首次以她男朋友而非发小的身份陪同，可爷爷一下子就看穿了。南旭去喊医生查房那会儿，爷爷拉着沈乔的手好一阵念叨："怎么，真把爷爷当老古董了？"

爷爷说他好歹也是上过战场打过鬼子，年轻时候出过国的人，虽然没几年活头了，但沈乔千万别为了让他安心在他面前演戏。以后结不结婚、要不要孩子也都不重要，沈家不兴那个，人这辈子是非成败转头空，再多的荣华富贵也都是虚名，最重要的就是开开心心的。他只希望沈乔能跟让她开心人的在一起，如果南旭真是那个能让沈乔开心的人，他也接受。

"我可能真要回来了，你有工作可以介绍吗？"她问南旭。

"你让我带你吃喝玩乐没问题，你让我帮你介绍工作还真有点为难我了，我都快两年没上班了，可不敢跟你夸下海口。"

"那再说吧……"

"我给你寄的那套从意大利带回来的油画礼盒套装，你收到没？"

沈乔说收到了但还没打开，她早就不画画了。

"为什么不画，事情已经过去那么久了……"南旭很想帮她把心结打开，"我小时候以为你会画出点名堂来的，一圈大院子弟里就你最有艺术天分了。"

"我配吗？"如果不是爸妈着急带她去找那个南京艺术学院刚退下来的老教授拜师，或许就不会有那场车祸。她的眼神继续往前飘，准备起身与南旭往回走。

大量的粉色樱花瓣被雨水打落在鹅卵石路上，和着簌簌的雨声，有种仙女落泪的零落之美。那会儿笃定要回南京的她发誓这辈子打死都不会再碰颜料，根本不相信途经岔路口时那个非要拦住她给她看相的阿姨说的话："姑娘你今年七月必犯桃花，阿姨送你几句话，你听听看，不准不要钱……"

还桃花呢，她姻缘线估计早都被月老扯断了，哪有什么桃花？当时脸色神情都不屑的她，很快被现实打了脸，她遇上了花花公子赵子易，他们的初遇源于一场事后回想起来十分戏剧化的"酒店捉奸"。

02

说起来，沈乔在上海也不算举目无亲。

她有个堂妹叫沈翊，也在上海工作，她们先后来到这座城市，只可惜因为两代人之间的各种纠葛，长大后的她们连一顿饭都没一起吃过，安静地待在各自的朋友圈里，偶尔互相点个赞，孤傲地行各自的路，渡各自的情劫，连私聊都未曾有过。这点倔强脾性倒很像是沈家养出来的小孩，更为重要的原因是，对于亲缘关系淡漠的人来说，真遇上什么事了，找亲戚帮忙还不如找朋友有用。

如果参与最近很火的"我在上海都很好"的视频投稿，沈乔的镜头里一定填满了无聊的工作日、无聊的周末，以及在外滩附近的美术馆当导览讲解员时的场景。

她跟苏梅是因为解读一幅画才认识的，从那以后，苏梅成了她窥探有钱人奢靡生活的外挂窗口，她也才知道原来生日当天收到一匹马和游艇，在有些人的世界里就跟下班以后去面包店里随便买个生日蛋糕一样寻常。她人生的戏剧时刻也由苏梅的出现而发生。

捉奸那天，苏梅踩着一双 Manolo Blahnik 银色麦穗高跟鞋，身穿墨绿色真丝旗袍，头发随意地挽起来，上面斜插了一支翡翠发簪。那走路仿佛刮八级台风的凶猛架势，让人感觉下一秒就会掀起一阵血雨腥风。

"确定人在 8206 吗？好，我进电梯了。"挂了电话后，苏梅叮嘱沈乔，"待会，按我说的做。"

"你确定吗？闹大了的话，你家老爷子那边怎么交代？"沈乔担心闹到无法收场。

"交代什么？苏家老爷子的面子重要，还是老娘的幸福重要？以前他在外面花天酒地，没被我抓到都算他走运，这次人赃并获，不闹个天翻地覆怎么对得起我在私家侦探那里砸的大把银子？"

苏梅一向认为，女人跟男人能有多大点事，不过是食客与食物的偶然交易。女人也天性爱玩，只是低调不声张罢了。她和李简仁确实棋逢

对手，不然当初也不会双双放弃大片鱼塘，退出沪上"第一海王"的江湖厮杀，猛地扎进婚姻的围城。他们两个像久经沙场的大将军，什么场面都见识过了，没输过感情仗，就算遇上难搞的对象，也能速战速决，随时开辟新战线，反正上海滩最不缺的就是红男绿女。

差别只在于，结婚以后，苏梅收心做贤妻，只在偶尔与女友相聚的日子里，发浪打趣，捉弄男人。反观李简仁，他才消停了两年就憋不住了，重拾富家子弟的猎艳游戏。

出了电梯，苏梅和沈乔一前一后，很快到了 8206 门前。

苏梅使了一个眼色，沈乔立刻换了个腔调敲门："李先生，李先生，车库监控拍到有人用汽油浇您的车子，保安已经把人抓住了，经理让我请您去看看。"

一阵急促的敲门声后，里面的人终于肯裹着浴巾出来了，猛地拉门，正准备对坏了他好事的人破口大骂，定神看清来者何人后，气焰立马矮了一截。

心虚归心虚，好歹李简仁也是经历过大风大浪的人，他的语气里听不出丝毫惊恐，倒有种不怕死的欢快："呦，夫人，什么妖风把您给吹来了？"语罢，还做出了宫里得势太监搀扶老佛爷的手势。

"家里的独栋别墅你不住，跑到这破烂酒店开房。李简仁，这次藏了几个小妖精，迷得你七荤八素的？怎么不送来让我瞧瞧，老娘好帮你把把关，要是模样、脾气对我口味，我就做主给你领回家里。从前哪个大户人家没养过几个贱婢啊。"

苏梅一边说一边反手拽着李简仁的浴巾往房间里钻，还不忘扭头交代沈乔："在门口守着。"

很快，屋内便从泼妇骂街升级到武装斗争，尖叫声和砸东西的声音混合在一起传出来。

走廊里也渐渐多了辨声寻迹来凑热闹的住客，举着手机乱拍一气。

偷腥的男主人公倒像隐身了一样，听不出一丝丝关于他的声响。

沈乔堵在门口，担心苏梅一个人吃亏，正准备冲进去帮忙，只见一盏台灯朝她飞过来，她还没来得及做出反应，那灯已经砸中她身后的玻璃墙，大面积的玻璃碎片朝她飞过去。

她愣住的那零点零几秒里，一个高大的白影扑过来，用半个身子揽住她，帮她挡住了那些碎玻璃。那人手臂被落下的玻璃砸了个正着，卷起的白色袖子很快染红，猩红的血液汩汩地流……

沈乔还没得及说些什么，整个人便失去了意识。

说来有趣，被碎玻璃砸到鲜血直流的人没晕倒，被保护得毫发无伤的人却率先倒下了。

事后据苏梅转述，那个男人住8204，退房时恰巧路过，身手敏捷救了反应慢如蜗牛的沈乔，抱着晕倒的她，快速冲进电梯，冲出酒店大堂，打车把沈乔送到医院，安顿好沈乔以后人便消失了，连个名字都没留下。

03

好在上海还真没苏梅打听不到的消息。

"晕血事件"第三天，苏梅开了辆红色牧马人去接刚下班的沈乔一起吃饭。点完菜后，她顺手递给了沈乔一张名片："上次害你住院，将功补过。"

"赵子易，八鼎投资的，可惜是个九八年的弟弟，留给你了。"她明知沈乔没那种看上谁就吃掉谁的胆子，但日常调戏沈乔是她枯燥乏味的豪门贵妇生活中为数不多的小乐子。

沈乔接过名片时走了回神，她对捉奸当日的记忆只剩下交错的白光和血淋淋的一片，晕倒前连人家的长相都没看清，根本不可能动往男女关系上发展的歪心思，可一想到人家为了救她受了伤，怎么也得认真感谢一番。

为此沈乔特地下了几个做菜的APP，看了很多跟滋补养生相关的公众号文章和短视频，仔细研究了哪些菜最能补血。继菠菜炒蛋咸到齁，葱爆猪肝干巴巴嚼不动，煮个红糖花生水不小心把不粘锅都熬脱了一层皮以后，她毅然放弃，做人得心中有数，果然还是点外卖还人情更适合她。

之后连续半个月，沈乔每天都会点四个狂补血的菜，配一盒香喷喷的白米饭，送到赵子易名片上的地址，不仅如此，她还买了几箱核桃、红枣、燕窝寄过去，把赵子易当饱受姨妈之苦的女人给他滋补。

赵子易的高级公子胃压根吃不消外卖，每次都直接让助理分了，给别的同事加餐当顺水人情。

八鼎也算业内小有名气的投资机构了，圈子里打过交道的，知道他懂点谋略也有雷霆手段，没打过交道的，只道听途说赵子易资历浅冒得快。他身上难听的传闻本来就不少了，被沈乔这么一搞，他在公司里不胫而走的八卦又多了起来，谁能想到就算赶项目每天睡在公司，凌晨还跑去健身的所谓华尔街海归精英，天天猪肝、腰子、红枣、坚果不断呢？原来搞金融不仅令人秃头，还令人肾亏气血不足。

"男人啊，肾亏可不行。"

"我看你那是嫉妒吧，新招的长腿小助理有事没事就往人家身上贴。"

男人也爱八卦，嫉妒这种情绪与性别无关，不是女人的专利。

开完团队闭门会，在洗手间隔间里不小心听到了不少关于自己的闲言碎语，赵子易欲推门的动作悬在半空，他这才意识到等忙完手头的项目，应该找肇事者聊聊名誉损失补偿费了。

他根据外卖信息，顺藤摸瓜拿到了沈乔的联系方式，发了条还算温和的信息过去："沈小姐，你再按十全大补的方子给我点餐，我在公司的人设可就彻底崩塌了。"

收到短信的时候，沈乔正陪苏梅在恒隆广场几家常去光顾的奢侈品店里扫货，她停下脚步，拧着眉头组织语言回复。一旁的苏梅瞧见了，眼睛一亮，有好戏看了。

出写字楼，跟同事道别后，沈乔才察觉到侧后方有道目光在盯着她。她转过身，一个身材颀长的男人随意地背靠在一辆白色特斯拉上。

见她努力思索但脸上还嵌着迷惑的眼神，赵子易大步走过去："怎么，不认识我，还天天给我点外卖？"

"噢噢，是你啊。"沈乔脑子里的信息点终于连成了线。该不是点的饭菜太难吃，特地来兴师问罪的吧？沈乔试探地问："是不是那家餐厅不好吃呀？你要是不喜欢，我帮你换一家吧。"明明是很有名的粤菜啊，点评上排名也很高，这个家伙的嘴巴挺挑的嘛。

"沈小姐的好意我心领了，你再这么点下去就恩将仇报了。"

"啊？"沈乔有点没跟上剧情。没等她再开口，赵子易已经抢先一步打开车门，做出了请的手势。

"上车。"

"去哪里啊？"

"你不是要请我吃饭吗？当面请才有诚意。"

"哦——"她乖乖跟上。

那时沈乔还不知道，这不是赵子易第一次在公司楼下堵她了。

上次他也是穿了一身定制西装，伸出一双大长腿靠在黄色兰博基尼上，露出自以为很帅的神情。可过了下班时间半小时了也不见目标对象从楼上下来，他正在微信上骂陈光陆的情报不准，好巧不巧，这时正在一楼卖力打扫卫生的保洁阿姨往外泼了一盆脏水，恰好弄湿了他的衣服。

重复了好几遍"算了算了"，那个保洁阿姨才从惊魂未定中缓过来，他也灰溜溜地开车回家了。

赵子易问她想去吃哪家餐厅，她说都可以；问她想吃什么，她说都行；问她有没有忌口和食物过敏，她说没有；又问她最喜欢吃什么，她说她什么都吃。

得，花那么多心思找了一个还不如 AI 会聊天的人出来陪他吃饭，他索性也不再费神。

过了三个红绿灯后，他把车往东平路方向开，那边有家很火的网红西餐厅，工作日赶上饭点，经常要排长队，好在所有能入得了口的餐厅他都算熟悉。

不用排队等位，在服务员的引导下，两人直接入座了二楼的景观位。

赵子易没看菜单就点了一堆，北非番茄牛排蛋、松露牛肝菌蘑菇比萨、威士忌枫糖烤鸡翅、莓果巧克力红丝绒松饼和时蔬沙拉，沈乔也不说自己要喝什么，他干脆点了三份饮品。菜品很快摆满了长桌，连手都没地方放了，沈乔只好把手肘浅浅撑在桌子的边缘线上。

赵子易拿着刀叉，慢条斯理地切着牛排。沈乔坐在赵子易对面一直在走神，小脑袋里计算着这顿饭要吃多久。

很快，他把切得整整齐齐的牛排蛋换到了沈乔面前："上次怎么回事？"

"没什么，我只是晕血。"她对他解释道，很多人不知道晕血是心理作用，有晕血症的人不是看到所有红色的东西都会晕倒，不然到了姨妈期女生岂不是随时会晕倒在洗手间里了。别人为什么晕血沈乔不知道，她自己是车祸后遗症，本能地害怕所有大面积流动的鲜血，看电影遇到鲜血四溅的血腥镜头她完全不敢看，回回都被吓到眼睛、耳朵不知该先捂哪个。

下午刚开完一个冗长项目启动会，听了下属一堆拙劣数据分析的赵子易，原本饿极了，但对面的工具人实在太安静、太无趣，晕血之外的事情只肯问一句答一句，用词吝啬，他忽然没了吃饭的兴致，冒出了别的念头。

"跟我走。"说完，西装外套也不要了，赵子易起身拉起对面的沈乔就往一楼店外跑。不给沈乔挣脱的机会，他们一口气跑到了衡山路上，见身后没人追，便开始慢悠悠地往徐家汇公园走。

他牵着沈乔的手走了一路，沈乔试着抽出来，赵子易根本不让。沈乔的心扑通扑通地跳，从那天开始，她平淡如水的生活换上了新剧本，天天像在演假的偶像剧。

"我们逃单，会不会被这边的餐厅封杀呀？"她配合剧情说了一句让自己显得纯情的话，尽管认为此举很土才是沈乔人生第一次逃单的内心

真实想法。

"不会。"他们求之不得，他们只会高兴以后在酒会上遇见又多了个跟他套近乎的话题。

04

苏梅调笑他们俩在玩一种很新的"剧本杀"，赵子易演"猫捉老鼠"，沈乔便也乐得"扮猪吃老虎"。

刚好赵子易那阵子没什么瞧得上眼的项目可投，现在随便写个商业计划书就敢出来骗投资的创业混子也不少，他宁愿成天泡在酒池舞林里，也不舍得把宝贵的时间浪费在那些骗子身上。醉生梦死了一阵子后，他颓废得下巴上冒了不少青胡茬出来。闲来无事的他，连续好多天在沈乔的公司楼下堵她。

恰逢雨水绵密的夏天，城市在水汽氤氲中暧昧，一如他们之间的眼神拉扯。

下雨天的徐家汇从来都不好打车，沈乔把手掌摊平伸出玻璃窗外，测试了雨水的大小。她想着，如果能用大学体能测试跑 800 米的速度一口气飞奔到地铁站的话，衣服的湿度大概有几成。评估过后，她准备绕过写字楼正门前的赵子易，从写字楼后面的小门开溜。

"几日不见，这么主动？"她刚一拉门，就在风的吸力和惯性的作用下跌进了一个陌生的怀抱。是他，那个讨人嫌的声音她不陌生，虽然好像也没那么讨人嫌。

"请我吃饭。"自信得离谱的赵子易，尤其擅长使用祈使句。

沈乔刚准备张口拒绝，转念一想，干脆吃完饭把话一次性说清楚。人家是富二代、金融圈新贵，有大把时间戏耍别人，她虽然只是个平平无奇的打工人，但也没必要在他主演的人生电影里当群演。

"好啊，我们吃火锅吧。"

下雨天跟火锅很配，赵子易欣然应允后，沈乔的高跟鞋踩在水泥地上的嗒嗒声中有种说不出的轻盈快乐。

赵子易颀长的身形撑着一把巨大无比的伞，把沈乔完完整整地罩在里面，她滴雨未淋，他的右边肩膀到手臂以及西装的下摆全都湿了。

骗苏梅说跟他单独相处的时间里无半分心动，只是沈乔嘴硬而已。

公司接了个大项目，筹备期很短，负责采购的她已经熬夜加了半个多月的班，筛选各种符合资质的供应商，天天跟他们死磕报价，堵在路上的间隙里，她累得睡着了。

她又开始做噩梦。

坠落，坠落在这座城市的每个角落。从迪士尼的极度光轮上弹出去；攀岩的过程中脚下一滑；一个人开车疾驰在夜晚的延安高架上，变道的时候刹车失灵撞上了一辆蓝色大巴……

她吓得叫出声，脚拼命地踩着蹬着，连续好多下才把自己拉回现实。

回过神来，他们还堵在延安高架下面。沈乔偷偷地看了几眼驾驶座上的赵子易，他在假装一切如常的样子，为了避免再度撞上赵子易有所探究的眼神，她假装若有所思地望着车窗外。

一顿饭，两人各怀心思，除了点菜和买单几乎全程无交流。沈乔这次没有按"一切你做主就行"的工具人剧本演，自顾自地点了重麻重辣

的牛排红油锅和一桌子她喜欢的火锅配菜。

啊，脆毛肚真的太好吃了，卤煮肥肠好香啊，酸梅汤怎么这么好喝。她沉溺在火锅带来的酣畅淋漓的快乐中，大脑里则彩排着待会如何跟赵子易摊牌，全然没注意到坐在她对面的赵子易，辣到得拿着手帕不停擦汗，斯文形象全无。

赵子易试探性地吃了几口，就被呛人的辣味弄得连声咳嗽，一口气喝光了两大杯冰镇酸梅汤，喝到只剩下冰块，又赶紧点了一排别的冰镇饮料。

他的肠胃一向不好，所有辛辣刺激的食物早在他九岁的时候就被永久踢出他们家的菜单了。即便后来他为了逃脱他那个生物学父亲的掌控，一个人跑到上海来工作，也始终没能摆脱他亲妈的远程掌控，他妈专门从老家挑了一个阿姨送到上海来，照料他的生活起居，每天换着花样煲营养汤给他喝。他喝汤喝到没有脾气，倒也照单全收，他知道这跟母爱没半点关系，不过是顺利上位的他妈补偿他好让自己余生良心好过的方式之一。如今他在外面看着光鲜体面，可他还是见不得光的私生子的那几年，跟生活在阴暗肮脏下水道里的老鼠也没什么分别。

沈乔并不知晓这些，他也不打算说，他们之间还没到那种程度。

他还没搞明白自己为什么愿意浪费心思在沈乔身上，说喜欢吧有点扯，说玩吧又谈不上，他又不缺可以陪他排遣孤独、放纵荷尔蒙的女人。借陈光陆的话形容，他不过是老黄瓜刷绿漆，海王扮纯情。陈光陆还打赌，他的热情持续不了多久的。

看沈乔那旁若无人，能吃下一整头牛的吃相，还真像是对他毫无邪念，他顿时有点受挫。

吃完饭，赵子易要送沈乔回家，被沈乔果断拒绝了。不过刚拒绝完，她又说可以陪他去取车，赵子易不明白她在搞什么鬼。

赵子易的战斗力实在太拉胯，导致沈乔晚上火锅吃太多都撑到嗓子眼了，还一个人喝掉了两瓶啤酒，怕待会摊牌摊到一半吐出来，一直在纠结要不要改天再说，但最终她决定还是要一次性说清楚。

去车库的路上，沈乔噼里啪啦说了一堆。她说她其实是一个非常胆小怕事且枯燥乏味的人，给他点营养餐和狂寄补品都纯粹为了还人情债，动机单一，日月天地可鉴，绝对不是玩什么若即若离、欲擒故纵的小把戏，她对他没半点非分之想，今天这顿就算散伙饭，说完还要给他转火锅钱。

一大堆听起来光明磊落的因为所以，绕得赵子易脑壳疼。

末了，沈乔还踮起脚尖拍了拍他的肩膀："不过小赵，你这副皮囊还是很好用的。"这话里有长辈看好晚辈的语重心长。说完总结陈词，圆满完成当日最后一个KPI的沈乔想拔腿就跑。

赵子易一把揪住她的衣领，原来这才是今天的重头戏，她憋了一顿饭就为了说这些。

"谁允许你定规则了？"玩游戏，他没喊停，谁敢下线。

她用鞋跟狠狠踩了赵子易一脚："先把爪子放开。"

"沈乔，这才是你的本来面目吧，之前的温顺好欺负都是装出来的。"

"酒壮怂人胆，你没听过吗？"

"我宣布游戏现在才开始。"果然抽到了一个隐藏款盲盒，也不枉费前面浪费的那些时间。第一次有人拿怂人剧本陪他玩，不错不错。

"赵子易，刚才吃火锅把你脑子辣坏了？你身边女人那么多，你为什么来招惹我呢？你睡过的姑娘估计都够我帮你做一张数据透视表了。"

"怎么，对我没兴趣还敢打听我？"

"你先放开，你、你离我太近了。放开我，我吃撑了，我马上就要吐你身上了……"沈乔说吐就吐的本事也是令人佩服，她刚说完就哇地吐了一大口。一摊恶心的东西糊在地上，弄脏了赵子易的新皮鞋，却没能毁掉他想把这个游戏继续玩下去的兴致。

他揪着沈乔的衣领绕到后备厢那里，让沈乔帮他从里面拿了双新鞋摆在地上，接着他朝沈乔递了一个"换上"的眼神，沈乔白了他一眼，忍着骂人的心帮他换上了。他换完新鞋以后立刻把脚上那双脏鞋丢掉了，恢复人模狗样之后，递给沈乔一条手帕："擦擦嘴，我送你回家吧。"

沈乔语气坚定地说："不用了。"

"你确定，这个点可不好打车。"

"确定以及肯定。"

"好。"赵子易说完转身去开车门，可他右脚刚迈进去，又转身下车，说，"我流的血还没补回来呢，你别想这么轻易地就打发我。"说完，拉着沈乔上了车。

好浮夸，他不会真把自己当爱情电影的男主角了吧？仗着一张言情小说男主的脸，行事嚣张跋扈，不留余地，经常一副很欠抽的派头，难怪苏梅说他在金融圈内树敌不少。

可即便这么想，沈乔还是乖乖地配合他的节奏演，演戏谁不会呢，反正闲着也是闲着。

05

没多久，赵子易让助理给沈乔闪送了一份密密麻麻的行程表，以还人情的名义光明正大地使唤沈乔给他当跑腿，事后又以奖励的名义带她出去玩。

7号去浦东丽思卡尔顿酒店给他送一份金融论坛的发言稿，9号帮他喂"儿子"英短巴菲特，13号帮他把车库里停了很久的保时捷开去洗车，17号陪他挑商务晚宴的西装，21号一起给他养了13个月的玉米蛇墨玉做新的水陆景观缸。

这天，他们面对面坐在地板上，讨论了半天设计方案直到达成一致，用地中海树皮和天然岩石打底，把荒野景观的粗粝氛围感先营造起来，巢穴要弄得阴暗幽润，方便墨玉日常休息和蜕皮，天然岩石搭配沉木和仿真绿植给它日常攀爬玩耍……他们一边讨论一边在pad上画草图，你一笔来我一笔，几来几回，认真庄重的模样仿佛建筑设计师夫妻在讨论如何给调皮爱玩的宝宝在自家客厅搭建儿童乐园。

赵子易起的头，慢慢变成沈乔主导，她逻辑清晰、双手灵活细致的样子不像是第一次干这些活儿。赵子易问她从前是不是养过玉米蛇，她抬眼望着他，浅浅笑了笑："你猜？"

她可是泡在动物园里长大的，在她童年时期，比起同龄小孩，她更喜欢跟动物待在一起，动物的喜欢亲近、恐惧防御都很直白，可她还不打算告诉他。

他以为沈乔此刻的勇敢镇定又是演出来的，在手里把玩了一会儿墨玉后，他故意把墨玉挂在了她的左手手腕上，想让她破功，他已经准备好等沈乔被吓得哇哇乱叫后再嘲笑她。结果倒好，她不仅任由跟自己食指差不多粗、长达120厘米、鳞片乌黑锃亮的玉米蛇一圈又一圈地缠在她纤细的左手手腕上，还用右手的拇指和食指轻轻地摩挲它。墨玉像受到鼓励般，先是尾巴浅浅勾着，腹部却越缠越紧，像一副笃定要铐牢她的黑色手铐。它玩耍了一会儿还不满足，又顺着沈乔的左臂往上攀爬，

一圈一圈地盘在她头发上，像是给她戴了一顶王冠。

恰好那天她涂了极艳丽的唇，长卷发随意地披散下来，那画面魅惑得让赵子易慌了神。他下意识地往她的唇边靠，却被沈乔巧妙地躲开了："我还没画完呢。"

没等他反应过来自己到底更担心失掉哪边的宠，手已经抢先把墨玉引诱了回来："你可别小瞧它，它力气很大的，你抓着它身体后半部分很容易被它跑掉的……"

赵子易送沈乔无数网红晒过的香水和玫瑰时，她觉得他很俗，不是号称圈内有名的花花公子、情场高手吗，怎么追姑娘送的花这么老土？安福路上新开了一家很有品位的花店，他不知道吗？比起保加利亚玫瑰，她更青睐稀奇古怪的植物。

赵子易在俯瞰黄浦江夜景的西餐厅，安排人拉舒伯特的《小夜曲》伴奏时，她嫌这种工业复制品一样的浪漫很刻意。可他细心切牛排时，西餐厅的水晶灯灯光在他脸上打出的斑驳光影真好看，赵子易的眼睫毛竟然比她的还长，像种过的。她没忍住，凑过去拔了几根研究，弄得赵子易疼得嗷嗷叫，餐厅的客人和服务员全都侧目看着他们。

几乎每个看言情小说长大的女生，在青春期都做过"霸道总裁爱上我"的少女白日梦，都带入过女主角视角跟男主角谈甜死人不偿命的恋爱。她不否认，也不会为早就泛起的丝丝涟漪羞耻，她讨厌他发现自己偷看他时眼里一闪而过的那种胜券在握，但她更讨厌自己讨厌不起他来。不论出席任何应酬场合，他都像时尚杂志上的当红男明星那样帅得毫不费力，眉骨如剑眼如泉，鼻梁高挺面若玉，撇开那些昂贵的行头，他依然出挑得容易遭女人惦记。

她沉迷于跟赵子易暧昧拉扯的同时，又每天提醒自己千万别陷进去，别天真地相信偶像剧会照进现实。她的内心十分矛盾，又虚荣，又鄙视贪慕虚荣，可比起繁华富贵之下的空洞匮乏，她又更容易掉进平淡琐碎里的人性温良与烟火气息，这样想她似乎自圆其说了，又没有真的陷进去，怕什么。

所以，赵子易一开始追她的那些花样，姑且算是追求吧，在她那里呈现的最终效果无异于"耍猴戏"。她每次见到他，脑子里都弹出来满屏的大写加粗弹幕："快看，这个家伙又要开始装了。"

爸妈的意外离世，让家中的黑色屋檐和枇杷院落时刻笼罩着悲伤的同时，也粉碎了只有七岁的沈乔几乎全部的人间安乐。

姑姑和小叔曾先后激情承诺要抚养她长大，在爷爷面前打完包票后情真意切地把她领回去，又都在眼看侵占她家的房子和保险赔偿金无望后，毫不留情地甩掉了她这个麻烦精。

那场车祸就是她人生的潘多拉魔盒，一连串连锁反应导致她原本澄澈的双眸里掺杂了太多她那个年龄不该有的离愁与冷漠。

读了中学以后，她的心已经被磨砺得很冷很平静了。比起人群，她更喜欢跟动植物待在一起，有事没事就往动物园跑，对里面一切动物的习性都如数家珍。

也是从那时起，她的人生哲学就成了"差不多得了，别瞎折腾，没什么用"。人活着就只是混日子，从哪里来到哪里去，是那些闲得没事干的哲学家思考的事情，普通人哪有那么多伤春悲秋。

一路混到了大学毕业，混到了职场。她对升职加薪也不感兴趣，只想在公司里安静地当个小盆栽，周一到周五低调地划划水，工作上不求有功但求无过。小透明多自在，下班之后全身心躺平才是她的追求。

这天，沈乔一出办公楼，又迎面撞上了来堵她的赵子易。

上次那个跑腿清单完成后，他消失了半个月，再露面似乎心情不大好，说要一起吃烧烤。沈乔刚好加完班也饿了，没道理不加入。

故事经常从意料之外的小插曲发生后开始美丽，他们之间也不例外。

那晚，他俩选了乌鲁木齐中路上一家路边烧烤店，点了满满一桌，吃到满头大汗，吃到赵子易热得开始解衬衫袖扣、扯领带的时候，她目不转睛地盯着他看。卸下了陆家嘴金融男过度包装的赵子易，终于像个正常人了。

某个周五，她健身完，突发奇想说想吃棒棒糖，他就跑了三条街真的买到了电影《功夫》里那种大大的彩虹棒棒糖，她觉得他有点可爱。

他第一次蹲下来，十分自然地帮她系鞋带，她慌了，她怕他发现她吃软不吃硬。

他小心翼翼地帮她贴创可贴时，她的脑洞里出现一只粉色蝴蝶，它在半荣半枯的荒原上振动翅膀飞舞。

他们还没正式交往，可见面约会的次数又比一般的小情侣勤快多了，交换的秘密也越来越多。

06

嫌人多吵闹，沈乔便跟许久未见的苏梅约在了愚园路一家相对隐蔽的咖啡厅见面。

坐在院子里白玉兰遮阳伞下的沈乔，美式已经喝掉一大半，姗姗来迟的苏梅先发制人骂沈乔重色轻友，连续约了两次都没约到。沈乔又用还人情的理由搪塞，身体里心动的虫蚁四处攀爬，她极力掩饰。苏梅搅动着刚端上来的摩卡，十分配合地看穿不说穿，心里想着，这人情还得也忒久了，有点缠缠绵绵不知羞耻了。

"再不抽时间陪我，朋友没得做了啊，你明知道我每天没事做，就指望你放假陪我逛逛玩玩的。"

"那个一八五的男模呢？"沈乔开始了苏梅情史的例行八卦。

苏梅跷着二郎腿，一脸的无所谓："没意思，李简仁把他吓跑了。恐吓人家要是再跟我纠缠，就把他的狗腿打断，说自己有一万种方法让他这辈子再也吃不上这碗饭。"

"好无聊，我还以为有新的瓜吃。"

"我才无聊好吗？我现在都寂寞空虚沦落到只能吃你的瓜了。话说，你跟赵公子怎么样了？"

沈乔也说不清他们这种晦暗不明的关系算什么，在她心里他们已经在谈恋爱了，尽管赵子易还没肯松口给她一个女朋友的名分。

"我想睡他了怎么办，我是不是很没出息？"一谈到感情，人的身体往往比嘴巴诚实多了。欲望不等同于爱，可真遇上了让你心动的人一定是爱欲交织，心痒难耐。她一个排斥跟别人有肢体接触的人，在赵子易那里从来不会顾忌什么社交安全距离，她甚至能闻得出他身上的味道了，通过他身上的味道，她能分辨他来之前又去了哪里，做了什么，在掩饰什么。

苏梅脸上毫无波澜："想睡就睡啊，怕什么。"

话是这么说没错，可赵子易又不是什么纯情少男，她不怕跟他发生关系后，从此有了瓜葛要负责，她只怕跟他这样的人一旦发生关系之后

就一切终止了，她怕她有了眷恋以后再被他狠狠踹开。

苏梅耐着性子听完，她觉得沈乔这些顾虑完全是庸人自扰，男人的人品恰恰在发生关系后一览无余。赵子易要真的是垃圾，早睡早跑也未尝是坏事，就凭他那副皮囊沈乔也不算吃亏。但站在好姐妹的立场，她觉得自己还是有义务帮沈乔先打个预防针："人生苦短，想睡就睡。不过他的婚事他可做不了主，你玩玩可以别太上头，千万别哪天昏了头想当什么赵家少奶奶。你看看我就知道了，我也是不差钱的主，我们家跟李家也算旗鼓相当，可我的日子过得也不舒心。你懂吗？"

等苏梅分享完过来人的经验，沈乔突然想装一把豁达，凭什么只有有钱人才能在任何时候掌握主动权，如果她的青春是机会成本，那别人的也一样："我没想那么远，跟你在一起混久了，我也想找个男人玩一玩，我这不是还没跟富二代谈过恋爱，还没体验过挥金如土的感觉吗？"

在香港谈完正事，赵子易特地跑去中环给沈乔挑了只 Chanel 22bag 黑色中号。下了飞机，他把行李丢给司机，自己则拎着黑色纸袋风尘仆仆赶来想制造个小惊喜，没想到迎接他的只是一句"玩一玩"，他这算不算阴沟里翻船自作孽。

"沈乔，我还真是小看你了。"赵子易说完，顺手把纸袋往身旁的女服务员的手里一塞，"送你了。"

"不是这样的。"沈乔立马伸手去拉他，想要给他解释，可赵子易冷冽如冰刃的眼神割到她了，她被吓得后退了一步。

那之后赵子易电话不接、微信不回，等沈乔组织完语言，在备忘录打完草稿，正想发给他说明前因后果时，才发现他已经把她拉黑了。那一周沈乔每天过得游魂一般，她的心从走出那家咖啡厅那一刻起，就被关进了一个密不透风的黑匣子里，她快要被闷死了。开会经常走神想起她和他的从前，去饮水机接水的时候被烫到两次，收衣服忘带钥匙把自己锁在了天台上……

那晚某个男明星在 HOOD 酒吧里喝酒热舞，引发朋友圈震动，很多人拍了视频发到了朋友圈，赵子易的侧脸也出现在了短视频里。

沈乔看到以后立马往 HOOD 赶，她到的时候赵子易正在舞池里举着红酒瓶自己灌自己，他松弛自如地舞动着四肢，摇晃着脑袋，一左一右两个长发辣妹紧紧贴着他跳舞。哪怕隔着人群的缝隙观望，他们尽情燃烧欲望的快活依然很刺眼。

她像个傻子似的站在一群疯子里面安静地看着他跳，她一直在忍耐着，心里烈火焚烧，指甲深深嵌入掌心里。有个辣妹就快把舌头伸进赵子易嘴里了，急不可耐的她冲了上去，拉着赵子易就往人群外面冲。

他心里自然是愿意的，如果不愿意就凭沈乔那点手劲怎么可能拖得动他。他也想见她了，可等他们挤出了酒吧，被夜里凉风一吹，他脑子立马又清醒了过来，一把甩开沈乔，大步往自己的车那边走过去。

赵子易开了车门钻进去，很快一个陌生的女孩上了车，他发动引擎往下个场子赶，不怕死的沈乔从拐角冲出来拦车，要不是赵子易反应够快，沈乔现在估计已经被车撞伤了。

"你疯了?！"

"跟我去一个地方，去完以后我保证不会再纠缠你。"沈乔堵在车前，双手仍保持着拦车的动作，双眼直勾勾地盯着他，她用眼神在祈求，"赵子易，就一次。"

没等赵子易开口，副驾驶上的姑娘开口了："一次还是一晚啊？阿姨，钓男人也得讲个先来后到吧，这么不要脸，你没看出来帅哥对你没兴趣吗？"

"下车。"赵子易黑着脸说。

"什么？"女孩一脸不可置信。

"我说让你下车。"他又重复了一遍。

"你们俩跟我演什么偶像剧呢？出来玩遇上你们这种臭情侣真晦气。"浓妆艳抹的姑娘气歪了脸，狠狠摔了车门。

07

还没遭遇家中变故的时候，沈乔也是当过掌上明珠的人，她也是小时候住惯了一百五十平方米的大房子，享受过宠爱和照顾的人，哪怕后来跟爷爷相依为命，物质上稍微吃紧了些，日子也还说得过去。她也是到了上海以后才开始学着屈尊降贵做丫鬟的。

在上海这几年，存钱成了沈乔人生最大的兴趣爱好，生活上能省则省，她在虹口的一个老破小里一租就是三年，只因房东承诺她短期内不涨租金。可同样住上海，她跟赵子易的居住环境可谓天上地下，他住在黄埔区的豪华江景大平层里，那是她只在明星综艺里才看到过的一梯一户。对独自在大城市打拼豪赌的女孩来说，颜值和生命力固然是跨越阶级的登天梯，神秘感消失之前还有东西可遮羞，可有些美好滤镜打碎了就再也粘不回去了。这些她都知道，但她是故意的，她没有带赵子易去什么了不起的地方，而是直接把他领回了她租的破房子里。

停好车以后，沈乔一路牵着赵子易的手在这个始建于20世纪50年代末，到了90年代又大兴土木加盖扩张的小区里穿行，这个占地六万平方米的小区里躺着无数栋建筑风格迥异的楼。她带着他在偌大的小区里七绕八绕，一起路过昏黄柔和的路灯，路过傲然挺拔的梧桐疏影，路过幽幽扑鼻的桂花香。夜风轻轻啃咬他们紧紧牵着的手，她的手很小很凉，拖着他往前走的纤长指节却充满了能量，一高一低的两个影子在黑夜里忽远忽近，彼此摩挲。

赵子易从刚才开了手机手电筒摸上楼的时候就忍不住想，她就住这里？

这个小区也太破了，网球场、健身房和游泳池对这样的小区来说听起来像个冷笑话，可居然连电梯都没有，楼道里的声控灯应该坏了很久都没人管，接近屋顶的墙皮裂开了一大片，像被生活按在地上摩擦的残破脸面，墙面上密密麻麻贴满了办证、开锁、通下水道之类的垃圾小广告。

爬到六楼后，沈乔领他走进了这个十分逼仄的狭长的一室户，门口正对的位置是一个半弧形的小阳台，左眼望去分布着开放式厨房、冰箱、写字台、书架和衣柜，右眼望过去是鞋架、卫生间、床和一盏黑色折叠落地灯，再加上薄荷绿窗帘、波西米亚风长地毯、姜黄色懒人沙发和两幅表现主义风格的油画，这便是房间的全貌了。阳台上种满了各种绿色植物，借着室内灯光看过去应该有龟背竹、旅人蕉、藤萝之类的。

"你穿这个吧，这双新买的。"沈乔自己换上粉色草莓拖鞋后，顺手从鞋架上最后一层抽出一双新的黑色皮面拖鞋递给赵子易，"我们家没有沙发，你要不坐地毯上吧，反正鞋子也脱了。"

还在走神的赵子易嗯了一声。

他从没见沈乔穿过大牌衣服、背过任何他叫得出品牌名称的包，他带她出席一切张扬上流社会浮华显赫场合的时候，她总是应对得体，可下意识流露出的惊讶还是会出卖她，显然他们不是一个阶层的人。可当

她把自己的生活拱手摆在他面前时，他的心情忽然错综复杂起来。这里挑不出任何上档次的东西，更别提品位二字，至多算个能洗澡睡觉的窝，只有墙上的那幅绿色的油画能让他的视线稍微多停留一两秒。

沈乔帮他倒了杯柠檬水，加了两片放在厨房台面上养着的薄荷叶。赵子易问有酒吗，她说干白行吗，他说有酒精就行，他这会儿喝不了水。她便打开冰箱拿出前一晚自己喝剩下的干白，倒了两杯酒，把仅有的一个钻石纹高脚红酒杯递给了赵子易，她自己用的是朋友从陆家嘴咖啡艺术节上淘来的印有"人生就是白干加白干"的绿纹搪瓷杯。两人坐在地毯上对饮起来。

突然她像刚反应过来有要紧事还没干似的，快速起身跑到写字台前，取下了挂在墙上的那块 A3 大小的白板递给赵子易。白板边缘落了一层灰尘，有轻微洁癖的赵子易本能往后缩了一下手，又重新伸手接住。

白板正上方用紫色马克笔写了一句话："宇宙是爱我的，我在这里，一切尽如人意。"除此之外，便是一张张颜色、大小不同的便笺纸，高高低低地随意贴在白板上，每张便笺纸上面都写了一句话——

"爷爷壮如松柏，寿比南山。"

"好朋友们平安喜乐，工作顺心。"

"我在非洲大草原看动物迁徙。"

"跟大帅哥谈甜甜的恋爱。"

……

赵子易看明白了，这大抵是沈乔做的愿望清单，他似乎明白她想说什么了。

沈乔转过身，眼里染了一层灰蒙蒙的雾气，她那会儿像被自私的赌徒上身，故意不去想赵子易是否接得住女儿家那些细密玲珑的沉重心思，顷刻间胡乱坦白一通。

她坦言自己买不起对他而言一切很寻常的奢侈品，所以故意只穿那些看不出牌子的，假装走文艺小众路线。她不想让他看出寒酸来，陪他去游艇会派对那双撑场面的六千多块的 Jimmy Choo 还是她为了搭配黑色鱼尾抹胸连衣裙咬牙买下来的。她也就在旅行和买鞋子上稍稍舍得一点，女人要走的路很远，至少得有两双穿着合脚的鞋。有天在公司她发现穿了很久的那双红色绑带玛丽珍鞋开胶了，还担心了小半天，她怕那天赵子易又搞突然袭击去接她吃晚饭，抓到她的狼狈。她连见他的妆容都是跟着美妆博主一笔一画郑重临摹出来的。她在认识他之前一瓶200ml 的卸妆油能用上三个月，现在三个月已经用完两瓶半了。

"你是我想要的，跟我幻想的几乎一样，你在我最想谈恋爱的时候出现了。"

她儿时过的也是要风得风、要雨得雨的公主生活，她从来不是个会为物质家世不如人自卑的人，这也是她跟苏梅第一次见面自信的谈吐就吸引到苏梅的原因。可她遇上他以后，会下意识地对比他们之间巨大的身家差，她不肯承认，她也许爱上他了，缠绕着虚荣的有点肮脏的爱也是爱，不是吗？

前面那些和盘托出是她喜欢上他的诚意，有所保留的后几句则是她为自己保留的骄傲。她并不比晚上那位气歪了脸的姑娘特别，身上也长满了虚荣的毛孔，但也不是谁打开保时捷的门，她都会不管不顾地坐进去。她甘愿做扑火的飞蛾，不惜代价，只因她压抑不住那些长了触角，像小虫子一样在她身体里四处攀爬扭动的心动难安。

房间里不必多余再点香薰蜡烛了，她的眼睛里像有两团火焰正在跳跃，卷翘睫毛上勾勒的光影很快也钻进了赵子易的眼睛里："你相信宇宙

订单还不如相信你的那些猪肝把我的脑子喂坏了，才会来招惹你。"赵子易肯这么说的时候，气早就消了大半。

"还有酒吗？"他示意了一下手里倒置的空杯。

沈乔摇了摇头，用眼神拒绝，她不想让他那么快喝醉，她还有话没说完："你在酒吧已经喝了很多了，再喝要醉了，我可没说要收留你。"

"把我灌醉了你才能安全一点。"他想用空着的那只手揉沈乔的头发，却在快要碰到她的瞬间停住了，他的声音忽然变得低哑，像在克制某种呼之欲出的情绪和身体的弧度变化。他跟沈乔申请能不能坐床上，他的腿一直曲着快麻了。

后来他们面对面，赵子易坐在床沿，沈乔继续坐在地毯上。紧接着，赵子易也跟上沈乔的节奏，开始了他的坦白局："家里人在给我物色未婚妻了，我没有结婚的打算，我这辈子都不打算结婚，但我不能保证最后一定不结婚，你能明白吗？而且我不想谈恋爱，谈恋爱太麻烦了，我没这个心情，除了忙点公司的项目和家里的投资，我跟陈光陆瞎混在一起的时间比谁都多，你让我偶尔做个人还行，但我肯定不会是个好的男朋友。闹着玩的时候，我愿意天天接你下班，真要谈起恋爱了，你以后连我的影子都摸不到。"

她扬起脸，眼神倔强地看着他："这些我都知道，说点我不知道的。"

"我是有点喜欢你，虽然我不是什么好人，变心也很快，但我从来不撒谎。"这次他没有回避，没能让他移开注意力的或许是她眼里荡漾的两湾清澈湖水。

"有这些就够了。"

"过来……"赵子易说完，沈乔乖乖起身走到了他跟前，他把她一把拽到了他腿上，左手搂腰，右手拖着沈乔的后脑勺吻上了她的唇。

他们忘情热烈地吻了好一会儿，沈乔笨笨的，不知道舌头往哪里放合适，赵子易便故意逗弄她，一会儿轻触厮磨，一会儿猛烈进攻。意识到他在故意逗弄自己的沈乔赌气咬了他的舌头和嘴唇，把他下嘴唇咬破了。他的手指在她光滑的后背上很不老实，他太熟悉如何快速地扒掉一个女人的衣服了，可这次他不想那么快。

"沈乔，我们试试吧……"他说他们可以谈恋爱试试看，试用期的游戏规则让沈乔来定。

"不要。我们现在又不是在谈判？不要用你商场上惯用的那一套交易法则来对付我。"

"我不是那个意思……"

"不管哪个意思，我都不要。"她假装要松开他，往床沿外面挪，却被他一把抓回去，她便转身郑重地对他说，"我不相信男人酒后说的话，等你明天醒过来再说吧。"

08

窗外下起了雨，又打了几声雷，飞行了很久的风恰好停在窗边休憩整顿，没人想起来去关窗。

赵子易还算诚实，但他给的期许沈乔不打算相信，说人定胜天太自大了，她知晓现在连偶像剧都不流行王子爱上灰姑娘，又流行回王子必须配公主的庸俗戏码了，可那又如何？她想试试看的时候，天都拦不住，如果她偏要今天去迪士尼玩极速光轮，绝对等不到明天，就算台风来了也挡不住，她又不是没这么干过。

她被赵子易吸引多少有点贪图美色富贵，可她真正喜欢的是那个跟他在一起时的自己，让她重新觉得自己值得被认真呵护对待，她似乎可以重新追逐点什么了。她信奉萨特的他人即地狱，稍微读过点上野千鹤子和波伏娃，自知就算全世界没一个人爱她、疼她、愿高看她一眼，她也该自珍、自重、好好疼惜自己。

可她还是忍不住自愿掉进情感沼泽地，她自检她不够争气，任何一个女人都不该把人生寄托在男人身上，可这并不影响她从赵子易那里汲取精神动力。因为跟他的纠缠，她不甘心了，不甘心当一个无人问津的观景小盆栽了，她想重新成为耀眼的存在，无论在哪里都闪闪发光，可以凭借才华横着走。

最重要的是，她又开始画画了，隔了十五年她又重新拿起了画笔。

她不怕等闲变却故人心，她只怕因优柔寡断错过了所有开始的可能。如果她小时候没有放弃画画，现在搞不好已经在外滩办过很多次个人作品展，拿过很多个重要的艺术奖项了。

人生到最后都是白干，可白干跟白干毕竟不同，哪怕最后都是烧成一把灰，璀璨过了的人也不亏。

第二天早上，沈乔从梦里被赵子易吻醒了，吻得她面色绯红，身体发热。

夜里的梦饮尽了，另一个梦在现实里续杯了。今朝有酒今朝醉，她想在床上会会这薄幸锦衣郎。

8

路西法

缘何

陨落

01

故事写好序章那一年，他们盛装出席，在人声鼎沸的婚宴上隔席相望。

有些人喜欢上只需要一眼，四目相对四海平，心动的张力暗流汹涌难自持。

那一年，她 28 岁，还没正经谈过恋爱，每月被焦虑的父母亲戚安排跟各路牛鬼蛇神一般的男人疯狂相亲，那时的她已经处于快对男人无感的边缘。可她初见他的那一刻，她的心折了一下，心虚又后怕，她怕突然红了几圈的耳垂被眼前这个叽叽喳喳的小学妹捉住端倪。

聚光灯下，一排如清风拂面的伴郎团里，那人醒目得让人暗叹新郎的大度。

他像一件高大白皙的雕塑，被艺术家套了一身剪裁考究的黑色西装伫立在那里，五官俊秀，鼻梁挺立。姜宁没想到，竟真有人长了一副被世界惯坏了的模样。她自小便知，自己的容貌给了她摆弄别人的底气，可她的任性妄为从未锋利到割人，可眼前这一位过分了，如果她有更好的家世，有那份神情的人应该是她才对。

02

季哲琛始终不知道，姜宁"认出"他的时间，远比他知道的要早得多。

那日，她被学妹思佳拉去自家旗下的一家公关公司救场，给一场在豪华游轮上举行的盛大婚礼当中英双语主持人。

中场休息那会儿，思佳把她拽到大厅一角，还不小心踩到了她的抹胸连衣裙，差点导致她在众目睽睽下春色外露。姜宁下意识惊呼了一声。

"哎呀，对、对不起……"意识到犯错的思佳赶紧把学姐的抹胸往上扯，嘴里还不忘说，"学姐学姐，快看，那个就是我的白月光，我们从幼儿园开始就是同学了，他是不是很帅？"

"他还会写诗呢。"

"他的名字也很好听，叫季哲琛，是不是很像言情小说里男主的名字？"

"哎，可惜我胆子太小了，都没怎么跟他说过话，而且他快要出国了……"

憋了那么久的暗恋终于见到了光，思佳的表达欲如久旱逢甘霖，一件一件，一桩一桩，嘴停不下来。

秘密憋在心里太久真的会憋死人的。思佳像一只快乐的小麻雀，叽叽喳喳，疯狂地对着姜宁细数关于季哲琛的一切，他最喜欢用的头像，他从来没改过的个性签名，他喜欢的诗人、运动员、纪录片导演，他从前在学校用冷漠伤害过多少女孩子的心……

思佳迫不及待地翻出他写的诗歌碎片给她看，好验证他的才华，证明他让学校里的女生发疯不只是因为皮囊。那还是她当卫生巡查员时，利用职务之便从他们班垃圾桶里偷偷翻出来的。翻出那张皱巴巴的纸时，一向爱干净的她，嫌弃得五官都拧巴在一起，却还是用纸巾小心翼翼地擦了半天，又用酒精喷雾喷了三四遍后，才把它夹在字典里压直。她换

过三个手机，那首诗的照片一直存在手机里。

自打姜宁毕业进入一家业内闻名，天天被竞争对手抄袭的 MCN 机构之后，长期高压的工作压缩了她的情趣，也"阉割"了她学生时代曾一度惊艳诗歌论坛的才情，她成了一个冷酷无情的工作 AI。她终于肯承认，灵魂污垢太久不清洗的话，天赋是会被收走的，所以她已经很久不读诗不碰诗了。但毕竟长期被"平平仄仄平平仄"浸泡过，基本的审美还是在的，她不能否认，她有被其中一两句的才气惊艳到。

后来季哲琛出了国，他跟思佳的缘分彻底断了，却莫名其妙地跟姜宁的生活关联起来。不知出于怎样的鬼祟心态，姜宁登录了搁浅很久的账号，他们就这样在某知名互联网内容社区的诗歌组里偶遇了。托思佳上次精准情报的福，加上姜宁本身的脑子也灵光，她不难推出那个 ID 背后的人。

他们互相请对方指点了半年自己写的仿古体诗，你来我往久了，姜宁再度面对思佳，渐渐从心有愧疚到抛之脑后，硬说她当了别人爱情的无耻窃贼也可以，可青春期的暗恋不都是无疾而终的吗？思佳从来没告白过啊？至少不是她主动去招惹他的，他们只是碰巧遇上了，她如此自我宽慰。

从网页端到微信端，从互相关注、聊天默契到暧昧拉扯，时间又慢跑了将近六年。这期间，在英国分别读完了本科和研究生的季哲琛，毫无悬念地留在伦敦金融城工作，这本就是他家里人给他的规划。而姜宁几经折腾，换了好几份工作，在上海、北京、深圳、杭州辗转几遭，最后又搬回了上海。

他们天各一方，活在彼此的异国，心思却日渐缠绵。

03

众所周知，在上海，夏和冬两季总是久居不撤，春与秋一向爱结伴，云游四方。

进入12月份后日夜温差更大了。白天，衬衫、卫衣随便乱穿，夜里却要裹紧大衣、羽绒服。姜宁和斯斯闺蜜二人组如今最爱的场所已经从酒吧、咖啡厅移步换景到了网红汤泉酒店。有什么比大冷天泡汤、汗蒸、音疗、唱K、水果自由更醋畅的聚会方式吗？她想不出。

前脚刚踏进这间装修考究的玉石房，呼吸了几口炙热的空气，姜宁便后悔了，此后往前的每一步都在硬着头皮。刚才在外面听着声音有些熟悉就该引起警惕的，可惜大意了，她下意识伸出手臂试图挡住脸颊，想赶紧走个U形绕出这间房，斜后方先后响起的三个声音立即揭穿了她的掩耳盗铃——

"姜宁，你怎么在这里？"一号男嘉宾眼尖口快抢先说道。

二号男嘉宾的声音里裹着青涩和不可置信："宝、宝宝？"

"宝——"出声明显落后于前两人的三号男嘉宾，已经不好意思喊出后面的"贝"字了。他连忙质问道："你绿我们？"

该死，还是被抓到了。

都怪斯斯，要不是她想再多泡一会儿美肌浴，她也不会先自己一个人跑来玉石房，要独自面对这尴尬的修罗场了。都被拆穿了，还能怎样？

一个转身的工夫，她恢复了久经职场血雨腥风馈赠给她的那份气定神闲，她推出右手手掌往前挡，暂且抑制住了那三个男人起身往前逼近

的势头："我知道你们很急，但是一个一个来……"

"事情就是你们看到的这样，我不好，我有每个女人都有的弱点，我太贪心了，我没什么好为自己辩解的。"她站在那儿佯装检讨。

"李墨，你之前不是老给我科普，金融市场风云变幻，鸡蛋不能放在同一个篮子里吗？你说人不能只会买稳健型基金，总这样小打小闹没什么意思，股票、基金、期货都得尝试看看……你看，跟你在一起这段时间，我多少有点进步。"望着李墨的双眸如一池缱绻秋水，她仿佛想求点表扬。

姜宁又微微侧身向另一位眨眨眼："程野，你知道的，姐姐真的很爱你的倒三角和八块腹肌。你不能接受我也理解，今天就当我们的分手纪念日了。"

"成山，以后不能吃你做的饭了，我会很想念的。"联想到成山往日精湛的厨艺，她感觉自己的肚子下意识地咕咕叫了两下，"对了，花卷绝育的日子是下周六下午两点半，你别又加班盯 App 新版本上线忙忘了。"

一气呵成，完成这场独舞的姜宁，略松了一口气。她刚出温泉池没多久，半吹干的琥珀色发丝还从上往下滴着水，一路滴到了锁骨，昏黄灯光难掩玉骨冰肌之色，惹得在场的几位男士难以专心。

造物者确实严重偏心，她完全不像快过 34 岁生日的女人。

表演结束后，她像条灵活的锦鲤一样溜出去，还贴心地把门关上了，留下身后还在情绪地震、权衡利弊的三个男人。果然人生在世，真正可怕的不是行差踏错，而是后发制人，失了本该勇猛的势头。

她从这件事里也吸取了教训，以后不能再轻易带男人入坑"剧本杀"了。上海啊，说大很大，两三千万人住在这里，说小也很小，这年头90% 的线下活动都是"兴趣社交为名，孔雀开屏为实"，在同一个圈子里玩耍频频露脸的，但凡出类拔萃点，顺藤摸瓜的局参加几次，总会不小心加上微信，成了朋友圈重叠度很高的点赞之交。往后若再想做点坏事，她得多培养几个跨度更大的兴趣爱好才是，骑马、射箭、跳伞、学开飞机就很不错，遇上熟人的概率会低很多。

04

二十分钟前，这几个男人还在休闲区一边玩游戏，一边高谈阔论。

"你还别说，这两年金融市场不大好，连我都开始羡慕那帮做游戏的了，年终奖发 100 个月的工资，眼睛都不眨。不像我们，出事的项目越来越多，年薪三百万以上的还可能要被追溯退还……"

成山根本没听出李墨抱怨里面的炫耀，老实地接了句："米哈游和莉莉丝的很多员工都住我们小区，说出去都是互联网，人比人气死人。"成山也在游戏公司，只不过是个名不见经传的小厂，天天搞内测，无论什么岗位都得参与，搞得他现在都快对游戏麻木了。他越玩越没劲，索性打开招聘网站开始刷简历。

"哎，未来元宇宙，世界就被他们这些做游戏的给统治了，我们就只能在家里每天玩他们的游戏，烂死在家里。"程野嘴上虽然吐槽着，但玩游戏的手没停下来过。

前面那些不过是前菜罢了。男人聚在一起，肯撕开谈的烦恼都是些表面浮尘般的烦恼，跟女人有关的烦恼他们不敢轻易开谈，倒不是他们多正人君子，多尊重跟女方床上那点私隐，只是男人嘛，聚在一起总先要点体面，互相吹吹牛捧捧场，聊聊经济和政治。再说了，关系远了不

到聊这个的份上，关系近的能聊的，又怕军师的锦囊妙计没到手还碎了自己的面子。

最后他们还是陆续张了口。

李墨心烦气躁得很，他经常出差，与姜宁聚少离多。他没有在朋友圈公开女友的先例，怕惊跑网罗了两三年才攒起来的一批美人鱼。可两人谈着谈着竟也一年多光景了，姜宁在他心中的地位一直上涨，而姜宁却始终对他不冷不热又不放手，他怕再不公开这次就轮到他没机会转正了。

程野跟姜宁在一起，除了男女床上那点事，好像没干过别的，风流快活还不用负责任，不是天下男人求之不得的吗？可他这个体育特长生为什么会有点低落呢？姜宁一个人住，却宁愿花钱去酒店也不愿让他去她家，难不成家里还藏着一个？他只是她另外的消遣？

等程野发完牢骚，成山就差冲过去把他的脖子给拧断了。真是身在福中不知福，他这是来炫耀的吧？自己才是十足的大冤种，名义上有个女朋友，可他们自西岸遛狗认识到现在，约会半年多了，只牵手拥抱过，女朋友以从小家教甚严有门禁为由，从不在他家过夜。每次他耍点小心思想拉男女关系进度，也都被她巧妙化解了。比起他，女友显然对他养的狗更上心，他都怀疑她愿意跟他在一起就是为了溜花卷！

05

过年期间，季哲琛飞回了山东。

"要不13号别吃饭了，直接来我酒店吧。"连打了好几个哈欠以后，他才发现时间还没到5点，看来自己还没倒完时差。

姜宁那家伙一聊到关键信息又装睡不回，天天跟他玩这套。

"懒猪快起床。这位姜阿姨人呢？"他又发了一个"在吗"的可爱表情包。

硬赖到将近10点，姜宁才悠悠醒来。

"难得周末睡个懒觉，还不想起呢。况且去酒店，你目标太明确了吧？"她发了个鄙视的表情。

"我喜欢直奔主题。你忘了，从前是你说馋我身子的！"

"你也说了，那是从前。"

"你不记得了？没关系，我来帮你复习一下。"语罢，他一个视频电话打过来，用声音纠缠着她，忆起了从前。

他才26岁，还有很多更荒唐的故事在前面等着他，可他已厌倦来得太便宜的床上纠缠，开始忆起往昔了。

她则继续扮冷漠无情，假装早就走出了那些从前。

从前混诗歌组上瘾那会儿，季哲琛大号小号注册了七八个，稍微聚集点人气就立马清空一切内容弃号不玩了，过些时日又重新注册账号，可每次总会被顺藤摸瓜找到的姜宁关注上。他注意到她，不仅因为文采，更因为组里久传姜宁曾是某校中文系的系花，组里追她的人不在少数，但从未听她对谁青眼相看过。

如果没有失手，那个夏天，他本该光芒万丈的。

拒绝了某个TOP5名校的保送名额跑去参加高考，原本只是为了完成一场漂亮的表演赛，可直到查完分那天才发现自己玩脱了考砸了，他整个人从前途不可限量的高台瞬间跌入被无尽黑暗浸泡的地狱。

从小他就知道，将来哪怕拼上了性命也赶不上父亲如今的一半成就，他不可能打下比现在还要庞大的家业。况且他对赚钱又没什么兴趣，不仅对赚钱没兴趣，对一切都提不起兴趣。太容易得到物质、关注、赞美的小孩，很容易被奢侈的日子养坏。一生乏善可陈，没野心、没目标、没意义，唯一还能牵动他心绪的，便是来自父亲的肯定，可那一仗他输得彻底又荒唐。

在辜负了父亲殷切期望，情绪连续低潮的黑暗日子里，他跟父亲坐在同一张餐桌上都觉得窒息，他不敢正眼瞧父亲，连换气都是小心翼翼的。那阵子姜宁坚持隔空给他打气，今天发雪莱的诗给他，明天给他寄一本精装版的《瓦尔登湖》，后天勇气可嘉地给他唱了好几遍 GALA 的 Young For You[①]，偶尔还会讲睡前故事哄他。

她使出浑身解数让他开心，尽力到他想不通她为何肯对自己如此上心，从前也有很多人上心过，无一不被他嘲弄几次就落荒而逃了，哪有她这么锲而不舍的？

就因为这副皮囊吗？可她还没见过他照片的时候，就已经对他过度关照了。他除了这张脸之外，其他一无是处，脾气糟得一塌糊涂，性子喜怒无常，阴晴不定，嘴又贱。

他去了英国以后，有阵子两人闹了别扭，他便赌气跟一个美国女同学玩暧昧，还故意让她知道。她也不恼，十点才上班的她，脾气好到定了 N 个闹钟也要在 7 点 45 分先醒一次，提醒他别总熬夜……

他呢，跟她道了"晚安"又跑去跟那边说"早安"。他不遮掩不解释，她心中郁结却不阻止。还有什么吗，他不记得了。

---

① GALA 是一支北京英式乐队，Young For You（为你年轻）一曲广受欢迎。

他终于上钩了，她却要逃跑，天下哪有这么便宜的事？现在才跑，已经太晚了，他为了回来都计划了一年多。好多前期投资都得打水漂，好多规划都得重新来过。

"你是不是忘了我那次为什么把你给删了？"这句突然的发问对季哲琛意义非凡，她仿佛愿意重新入局，他立马从跑步机上下来，想跟她一次性聊明白。

"美国那个女同学？我当时就是想赌气，你不是都知道了？"

"不光是这个。"

"那还有什么？"

"你那时候总调侃我，喊我阿姨……"

"你明知道我不是那个意思，我又不介意你比我大，我只是嘴欠……"

"现在都是姐姐挑弟弟，当然轮不到你介意了，但当年我确实有被伤到……"她花了很长时间去消化这份几度被轻贱的爱意，又花了更长时间重新找回自信。她交往的男朋友年纪越来越小，也不排除是出于诡异的好胜心。

他不知道，就在收到他"平安夜孤零零坐双层巴士，好可怜哦"的信息时，她当即买了机票准备飞过去陪他过个圣诞假期，他却再度不知好歹地用刀扎了她的心。恰逢那阵子她在跟一个很重要的项目，好不容易跟大领导编了个自认为天衣无缝的理由才把假期给批下来，结果只能又扯了别的谎去销假、退机票、退掉新买的几身衣服……

姜宁的心再度被揪起来，一瞬间又回到了当年情不知所起一往而深，却总被无情少年郎割伤的委屈岁月。他总这样不知好歹，你捧着心巴巴过去了，他立马翻脸不认人，你一次次受伤流血了，打算弃城而逃了，

他又千军万马气势凶猛地追上来，央求你回坐城中。

"你以为我喜欢听你跟那个女孩从认识到上床只用了三小时的故事吗?!"姜宁下意识提高了音量，感觉喉咙发紧，嗓子眼好像被几块大石头给硬生生堵住了。糟了，那种感觉又回来了。

"就因为这个?"他似乎很不可置信。

"这还不够吗?"她的声音这会儿又沉了下来，她在努力压制那股随时爆发的愤怒，还有嫉妒，凭什么陪在他身边的人不是她?

"我不想对你撒谎，亲口告诉你我很糟糕，日子过得荒唐，也不是什么有钱人家精心培育出来的绅士贵公子，没你想得那么好，总比将来你自己发现得好。往后要认真在一起，这一关不总得过吗?"

"冠冕堂皇。"显然姜宁对这一套所谓的"诚实"打法不买账。

"你以为那时候我不想跟你在一起吗?我没有认真吗?怎么谈，在手机里谈吗?我给你当电子男友吗?我每周飞上海一次，还是你每个月来看我一次?"

"够了够了，你别说了，我不想听了，你再说我就挂了……"

"不许挂，你挂一遍我打一遍，挂一百遍我打一百遍。"

"神经病，季哲琛你疯了?"

"对，我疯了，从现在开始我会像疯子一样纠缠你，你跑不掉了!"

06

朝朝岁岁，尔尔年年，有些人的个人历史永远在重演。

每一年的立夏，姜宁都会在心里默默许愿，今年跨年应该不用一个人过了吧，最爱的那个人应该会陪在身边吧，他会为了我飞回来吧。

然后一年又一年，从冬天到夏天，季节的变换压缩了棕榈、玉兰和梧桐的树影，也拉长了白日时光。上海的夏日燥热绵长，十分仁慈地给了她足够的时间去寻觅另一半，寻觅的途中她因至爱久不得也分心戏耍过别的男人，但跟那些人都不长久。眼瞅又要到年底了，静安公园里身穿制服的工人和保洁阿姨们正在忙碌地给铁树和红千层等植物穿上过冬的外衣。

你瞧连树木都有人惦记着如何过冬，没人照顾可怎么办？她呢，他在意吗？

在所有那些喝酒、加班、应酬、聚会后，拖着满身疲惫和掉了一大半妆回家的凋零途中，她还是只能踩自己的影子玩耍，她也可以蹦蹦跳跳伴装雀跃，可哪怕脱离了伪装，开怀地与路边围墙玩手影舞的日子里，自己左手和右手之间互相应和的孤独与默契，也总能大张旗鼓地刺痛她——她再次交了一张爱的白卷。

心上的那个缺口，日夜灼烧，隐隐作痛。

又快到情人节了，斯斯和新男朋友去希腊度假了。

跨年这天，姜宁选择一个人过，谁让她身边尚且没有配和她一起跨年的异性呢。这种配不配处处无关长相、身材、经济条件和修养，又处处有关，她心里从开始到现在始终有个关于爱的卡槽，只静待那唯一一个能把真心扣进去的人，然后便浇灌水泥，生生世世，永不分离。筑造这个卡槽的时候她太自作多情了，聪明如她，怎么到现在还看不出来那个人根本没胆量用真心赌真心呢？

过完年，他就要从上海回伦敦了，他念叨了十几次，央求到时见她一面，她谈判似的定下了见面的规矩：11号、12号可以，13号、15号

也可以，她甚至可以把这几天都空出来陪他，唯独 14 号不行。她不要在情人节当天见他，他们还不是彼此的情人，她要把 14 号留给彼此相爱的、可堪回首的人。

没人知道路西法缘何陨落，人类唯一能从历史中吸取的教训就是人类从不吸取任何教训，她玩弄别人的感情，所以也接受被人玩弄，有来有往，天经地义。

可她至今不能接受任何人以爱的名义故作情深，不是她灵魂高贵瞧不上，她只怪自己心高气傲骨头贱，凭什么总压不过对方的对手戏，经常棋差一着，满盘皆输。日积月累，那零星的艳羡竟变成妒恨，至于妒的是谁，恨的又是谁，她始终说不清，只是她古怪地认定，这里面幽微的人性交锋跟"斗米恩升米仇"的底层原理几乎是一模一样的，本质都在痛恨自己的无能为力。

07

"我可以相信他吗？"一向有主见的姜宁第一次六神无主地寻求建议。

"你心疼他？"斯斯敏锐地却听出了危险的意味，"你心疼他的风险远比你们在一起的风险大多了。"

没等姜宁在微信上把故事讲完整，斯斯急得提前盖棺定论："所以，你把那几个代餐顺手都清理了就为了等这个返场男嘉宾？"

姜宁沉默了，两边的空气都凝固了，她来不及编一句谎话为自己辩解。她平时用全键盘打字很快的，但此刻抛锚了。

她记得从前他们视频的时候，他提过馋国内的川菜了。从理想国咖啡厅出来以后，她便带他去吃北外滩附近有名的川菜。他们面对面坐在一张白色长条桌前，他自然解开袖扣把白衬衫的袖口往上面卷，等他突然反应过来要缩回去的时候，姜宁的右手已经抓住了他左手的手腕。她用食指轻轻地抚摸他手腕上那一条条细细长长、面目狰狞的疤痕，她投降了，她来不及追究他那些年里的性情反反复复。她本打算这次见面审问完他这些年的荒唐便老死不相往来的，但那一刻，她好想绕到他背后好好抱抱他。他隐约提到他抑郁过，要定期看心理咨询师，她当时还以为他在扯谎，原来他真的过得不快乐。岁月长衣裳薄的人不止她一人。

　　"你别犯病啊！他还没正式跟你告白过，你不会准备就这么不清不楚地跟他在一起吧？"觉察到姜宁的怂劲以后，斯斯赶紧一个语音电话打过去发飙，"姜宁，你能不能争气点，别总抱着拯救者的心态爱一个人……"

　　2.13号那天傍晚，他们终究见面了。

　　他说到了的时候，她刚捣饬好出门，右眼的眼线都画歪了，他把点好的两杯咖啡拍给她看的时候，她还堵在高架上。出租车在虎丘路上还没停稳，她就匆匆跳下了车，她探头探脑，额头紧紧贴着理想国斜对着马路那侧的落地玻璃，琥珀色的眼珠子转来转去，想先探探他坐在什么位置，打算待会搞突袭吓他一下。奇怪，怎么没有？难不成这家店还有二楼吗？

　　正疑惑转身的时候，她被人从背后用大衣裹住了："这么冷还穿裙子……"

　　她被吓了一跳正想开骂，转过身扬起的脸颊差不多刚好到季哲琛胸

口的位置，她用双手撑在他胸前，努力抗拒这突如其来的拥抱："哎，你知不知道穿起来笔挺的西装料子都很硌人啊……"

"下次换羊绒衫好不好？"他低声说，顺手揉了揉她的头发。他早想这么干了，朝思暮想的人此刻就近在眼前，一切忽然变得不真实起来。

"季哲琛，你把我头发弄乱了。"忽而她又立马改口，"摸吧摸吧，反正我昨晚没洗头，让你摸一手油……"

"你的手好冰啊，你在外面站多久了？"

"不记得了……"

连她自己都没意识到从哪一刻起她靠在他身上了，她的心扑通扑通地跳，分不清他身上香水味的层次，只觉得这一刻好安宁，她根本舍不得离开，她想靠在这个温暖的怀抱里沉沉地睡一会儿……

"看，下雪了……"他的声音把她缓慢下沉的意识又提溜上来一点。

她伸出一只手去捉外面的雪花，天上竟然飘雪了，上海竟然下雪了。好美啊，洁白如玉蝶，乱入尘世间，只可惜上海的雪来去匆匆，落在地面上很快就会化成一摊脏兮兮的水。

"他朝若是同淋雪，此生也算共白头"，她脑子里忽然冒出来这么一句，心随即如同化在地上的雪一样，凉透了。

那日，她的心一直飘忽着，事后跟斯斯复盘，记忆却像有好几个纪录片的机位在跟拍一样，全程清晰如昨。

他们淋着雪，大手牵小手去散步了，从虎丘一路走到了外白渡桥，路过了万国建筑博览群，从朦胧的傍晚走到夜色袭城。中间有一段路滑，他不顾路人的眼光弯下腰背了她两条马路……

08

隔天，季哲琛飞回伦敦，再次杳无音讯。

就在她下定决心把他删掉，此后老死不相往来的时候，他的讯息姗姗来迟。

"阿宁，等我回来。"

我可以相信你吗？可以纵身跃进这片海吗？

图书在版编目（CIP）数据

暂时无法结婚的我们 / 林夏萨摩著. -- 济南 ： 山
东文艺出版社, 2025. 1. -- ISBN 978-7-5329-7246-3

Ⅰ. I247.7

中国国家版本馆 CIP 数据核字第 20246Q80Q6 号

暂时无法结婚的我们

ZANSHI WUFA JIEHUN DE WOMEN

林夏萨摩　著

主管单位　山东出版传媒股份有限公司
出版发行　山东文艺出版社
社　　址　山东省济南市英雄山路 189 号
邮　　编　250002
网　　址　www.sdwypress.com

读者服务　0531-82098776（总编室）
　　　　　　 0531-82098775（市场营销部）
电子邮箱　sdwy@sdpress.com.cn

印　　刷　山东临沂新华印刷物流集团有限责任公司
开　　本　880 毫米 ×1230 毫米　1 / 32
印　　张　7　插页 4
字　　数　195 千
版　　次　2025 年 1 月第 1 版
印　　次　2025 年 1 月第 1 次印刷
书　　号　ISBN 978-7-5329-7246-3
定　　价　48.00 元